TO

さよなら、転生物語

二宮敦人

TO文庫

目次

さよなら、転生物語

死にたいわけじゃない。生まれ変わりたいんだ。

寄せては返す波、白く浮かんでは消えていく泡を見つめ、僕――古狩サトルは漠然と考えていた。

曇り空の下、寒々しい真冬の海に人影はない。砂浜に面した道路を時折、車が通るだけ。さっきまで犬と散歩していた女性は、不審げにこちらを窺いながら立ち去って行った。無理もない。革靴を砂に埋め、スーツに冷たい飛沫を浴びている僕は、どう見たって普通じゃない。

ふと空腹を覚えた。そろそろお昼時だろうか。何となくスマートフォンを手に取ったが、画面は真っ暗。勢いで切ったきり、怖くて電源を入れられないままだった。

今頃、会社では無断欠勤だと、騒ぎになっているだろう。上司の顔が思い浮かんで、思わずぶるっと震えが走った。あいつが怒る時はいつも同じだ。眉間と小鼻に皺が寄り、首と額がゆっくりと赤く染まる。休憩から戻るのが一分遅いと言って湯呑みを投げつけてくるような男だから、今回は机を蹴り倒していてもおかしくない。

ため息と共に座り込む。早くも後悔の念が湧いていた。

今からでも謝るべきだろうか。途中までは行くつもりだったんです。でも駅でどうしても足が動かなくなって、思わず反対方向の電車に乗ってしまったんです。最近成績が悪くて、追い詰められていたんです。そう言って土下座すれば、クビだけは免れるかもしれない。だけど……僕は、黙って首を横に振った。

あの会社に残って何になる。

給料は最低賃金なみで、残業代は出ない。にもかかわらず、仕事は休日でも容赦なく降りかかってくる。ゆっくりご飯を食べる暇もない。友達とは疎遠になるばかり、ましてや恋人なんか作れる気がしない。貯金もできず、家賃四万円で風呂とキッチンが共用のアパートに独りで住んで、楽しみと言えばコンビニで買うお菓子とお酒くらい。母さんから電話がかかってくるたびに、「元気で楽しくやってるよ」と答えては胸が痛む……それが一生、続くだけ。

ため息をついた。

どうして僕は、こんなことになってるんだ。

山の斜面には、木々に交じって高級感のある家が並んでいた。二階建てで、広いテラスがある。別荘だろう。お金持ちがたっぷり休暇を取って、家族や恋人と美味しいものでも食べているはずだ。

お金も、物も、時間の余裕も、ある人のところにはたくさんある。ない人のところには、何もない……砂に塗れた両の掌をじっと見た。

どうしてだよ。僕が何をしたと言うんだ。ずっと真面目に生きてきたじゃないか。

あるいは、それがいけないのか。

上司はいつも言っていた。もっと他人と戦え。客から金をぶんどって、他の社員を蹴落とせ。だからお前はいつまでもヒラなんだ。

嫌いな上司の嫌いな言葉だけど、たぶんこの世界の真実だ。受験でも就職でも営業でも、誰かを踏み台にして上を目指していたら、今頃あの別荘にいるのは僕だったかもしれない。

だとしたら、僕にこの世界は向いてない。

そうまでして偉くなろうとは思えず、かといって今の暮らしを受け入れる気にもなれず。ああ。どこか別の世界、別の人生に、生まれ変われたらいいのに。

呆然と海を見つめていた時、砂の中で何かがきらりと光った。ゴミだろうか。何となく気になって歩み寄る。コップの持ち手のようなものが砂から飛び出していた。摘まんで引っ張る。抜けない。周りを少し掘り、もう一度。今度は引き抜けた。

何だこれ。

それはちょうど、アラビアが舞台のお伽噺に出てくるようなオイル・ランプだった。汚れてはいるが、高級感のある金色。細密な装飾が施されていて、ずっしりと重い。

「もしかして本物の金かな？」

爪の先で泥をこそげ落とし、ハンカチで拭ってみる。磨けば磨くほど輝きが増す。面白くなってますます力を込めていると、やがてゴロゴロと音が聞こえてきた。雷雲でも出たかとあたりを見回しているうちに、はっと気がついた。音はランプの内側からだ。

「あ～、あ……」

まるで鯨が鳴くような、大あくびが響いた。目を丸くする僕の前で、ランプがぶるぶると震え始めた。咄嗟に押さえようと口のあたりに触れた時だった。

落雷のような音が轟き、ランプの蓋が吹き飛んで、大量の霧が噴き出した。すっかり白一色に染まった中に、時折緑や紫の光が瞬いている。尻餅をついた僕は、信じられないものを見た。

異国風の青年が腕組みをして、空中に浮いている。噴き出た霧に映像が投影されるように揺らぎ、中途半端に透けている。年齢は二十代後半くらいだろうか。背が高く、痩身で、肌は褐色。まつ毛が長く、髪も瞳も真っ黒だ。白いターバンを頭に巻き、上下が一繋がりの、ペルシア絨毯みたいな模様の服を着ている。指輪にネックレス、イヤリングに腕輪と、体のあちこちに宝石や装飾品をつけていた。

彼は僕を一瞥すると、流暢な日本語でつまらなそうに吐き捨てた。

「次の主はお前か」

「まさか、ランプの魔神……？」

「俺の名はビルカ」

ビルカは風船のように漂っている。

「神でも悪魔でもない。が、そう見えるのは否定しない。だから好きなように呼べ、主」

愛想の欠片もない。おそるおそる聞いた。

「あの、何か怒ってますか？」

「怒ってない」

大きく伸びをしながらあくびをして、ビルカはふわりと目の前に降り立った。と言っても、足は地面に接していない。ただ同じ高さにいるだけだ。

「俺は寝起きが弱いんだ。朝から腹いっぱい飯を食う奴を見ると、吐き気を催すくらいだ」

「あ、僕もそうです」

「ほう、そうか」

ビルカは初めて、小さく微笑んだ。

「エンジンがかかるまで時間が必要なんですよね。冬の朝なんか本当に辛くって」

うんうん、と頷いてからビルカは僕を睨みつける。

「そんな話はどうでもいい。俺は無駄話が嫌いだ。さっそくだがお前の願い、叶えてやる」

「えっ。冬の朝を楽にしてくれる、ってことですか」

「違う。願いを秘めた心で、俺を起こしただろう」

「あ。別の世界に、生まれ変わる……」

それだ、とビルカは頷き、ぼやいた。

「いつの時代も、お前のような奴が引きも切らない。そのたびに俺は封印から解かれて付き合う羽目になる。さて、数えてみるか……少し待て」

ビルカは目を閉じ、両手の指を額に当てる。そして眉間に皺を寄せ、何か考え始めた。

すでに霧は晴れ、あたりの視界が戻りつつある。波も、雲も、行き交う車も、つい先刻と何も変わらない。やがて目を開け、ビルカは言った。

「……一千百億人、というところか。ここ百年ほどでずいぶん増えたな」

「あの、何の話ですか」

ビルカは指を二つ折ったり、と思えば戻してまた三つ折ったり、そんなことを繰り返している。

「世界の累計人口だ……二人。約二十万年前に最初の奴が現われてから現在まで、それだけのホモ・サピエンスが、生まれては死んでいった。そのうち八十億ほどは現在も生きているが、多すぎだろ……む、三人。二人」

「何ですか、その二人、とか三人とかって」

「俺が一つ数えるうちに、四人ほど生まれ、二人ほど死んでいる。まあ、それはいい。ここからが重要だ、よく聞け。俺はこの一千百億人の誰にでも、お前を転生させてやれる。多少の条件付きでだが」

「えっ、誰にでも？」

「つまり一千百億通りの中から、望みの人生を選べるわけだ。理想の人生がきっとあるだろう。少なくとも今よりはマシな人生がな」

「本当だとしたら……凄いですね。候補が多すぎて選べなそうだ」

「俺が適当に見繕ってやってもいい」

「転生なんて取り返しのつかないことを、適当に決めないでくださいよ」

「心配するな。取り返しはつく」

ビルカは冷めた目で続ける。

「転生した先で、やっぱり嫌だとなったら、いつでも元の体に戻せるんだ。また別の人間に転生すればいい。遠慮などせず何回でも試していいぞ。納得する人生に行きつくまで、付き合ってやる」

だんだん不安になってきた。

「さすがに話がうますぎませんか」

ふっ、とビルカは笑う。どこか邪悪な笑みだった。

「みな同じことを言う」

「何か、代償がいるんでしょうか」

「いらん、いらん。お前が差し出せるものになど、俺は興味がない」

「しかし……」

「まあ、嫌だと言うなら俺はランプに戻るから、蓋を閉じて海に捨てろ。そして会社とやらに戻れ。俺はどちらでもいい」

「いや、待ってください。もう少し聞きたいことがあります」

僕はありったけの質問をビルカに浴びせた。彼は無愛想ではあったが、淡々と答えてくれた。

「つまり、今の知識や記憶を持ったまま、赤ちゃんからやり直せるわけですか」

「知識と記憶については持ち越されるが、赤ちゃんとは限らない。老人や、中年の可能性もある」

首をひねった僕に、ビルカが続ける。

「転生とは魂の引っ越し。現住者がいる物件には入居できない。すでに魂が抜けた肉体、要するに死体にしか、転生はできないのだ」

「えっ。それじゃまるで、ゾンビ……」

腐乱死体が土まんじゅうから這い出して来る様を想像したが、ビルカは否定した。

「そうはならん。魂が抜けた直後の、損傷の少ない体を狙うんだ。ついさっきまでは生きていて、今も生きている。それはつまり、生き続けているのと同じだろう。ある程度なら傷も修復してやるから、気をつければ長生きもできる。もともと王が、不老長寿を願って魔術師たちに作らせた秘法でな。そのあたりは心配いらない」

「移植手術みたいなものですね。でも、ちょうど良く魂が抜けた人なんて、そうそういないでしょう？」

「大丈夫だ。百年前の幽霊が現われるとか、ブラジルの幽霊が日本に出るとか、聞いたことあるだろう」

何の話だ。僕は首をひねる。

「ブラジルの幽霊は知りませんけど」

「魂には、時空を超える性質があるわけだ。それを利用する。お前の魂を『ちょうど良く誰かの魂が抜けた瞬間』まで運んでいって、その肉体に放り込む。何百年前、何千年前に死んだ人物であっても、死にたてほやほやの体に入れるぞ」

突拍子（とっぴょうし）もない話に、思わず瞬（まばた）きした。

「タイムリープ、ってことですか。それって歴史が変わっちゃうのでは」

「多少はな。だがお前、生まれ変わりたいほど、この世界の居心地が悪いのだろう。そんなことを心配する立場か？」

「たとえば外国人に転生したとして、言葉は通じるんですか」

「言語を習得した死体に転生すればいい。腕っ節と同様、言語野は能力としてお前にも備わる」

「転生を途中でやめたり、何度もやり直したりしても……」

「好きなだけやってくれ。制約は、同じ体に繰り返し転生できないくらいだ」

一呼吸置き、僕はビルカをじっと見つめる。妖しい笑いを浮かべながら、彼は空中で頬杖をついていた。

「代償も、何もないなんて。うまい話にしか思えませんね」

「だろうな」

「ビルカさんは、どうしてこんなことをしているんです」

「背負った業、とでも言うかね……」

歯切れの悪い言葉だけで、ビルカは目を逸らす。ふと思いついて、僕は聞いた。

「なぜ、ランプの中に封印されていたんですか」

　ビルカの理知的な目が、きらりと光った。

「前の主の仕業だよ。そいつは理想の人生を求めて、何度も何度も転生を望んだ。そのうちに精神を病んだ。飯が食えなくなり、悪夢にうなされ、全身をかきむしりながら放浪するようになった。このような思いをする人間が二度と現われないようにと、古いランプに俺を封じ、もろとも海に身を投げたんだ」

　波音が、やけに鮮やかに聞こえた。

「なぜですか。なぜ、精神を……」

「さあな。俺はただ望み通りにしただけ。普通なら持ち得ない力だ、使っているうちに心のバランスを崩すんじゃないか。どんなに優れた道具であろうと、使いこなせない人間はいる」

　ふふ、とビルカは遠い目をする。

「俺としては、せっかく力を貸すんだから幸せになって欲しい、そう願っているがな」

　そこであくびをしてから、僕を見た。

「で、どうするんだ。やるのか、やらないのか」

　僕はランプを眺めた。

　よく見ると、蓋を膠（にかわ）か何かで接着した形跡がある。そして表面には、爪でひっかいたような傷がいくつも残っていた。

前の主に何が起きたのかはわからない。だが、全てを聞いても、やはりうまい話だとしか思えなかった。逃したら、二度とこんな機会は巡ってこないだろう。やめときます、元の生活に戻ります、などと言う気にはなれなかった。

「やります。僕は使いこなしてみせます」

ビルカは頷くと、己の指輪を一つ外して放った。ぽとん、と砂浜に落ちたそれを、拾うように顎で促す。

「転生の指輪だ。それをお前にやる」

右手の中指につけてみると、しっくりと馴染んだ。細い灰色のリングに、やはり灰色の米粒のような石が嵌められている。つけていてもほとんど気づかれなそうな、地味な指輪だ。だが、見つめていると石の表面に不思議な紋章が浮かび上がった。しばらく虹色に瞬くと、揺らめいてまた灰色に戻る。不思議な輝きで、神秘を感じさせた。

「転生先の希望はあるか？」

「徳川家康（とくがわいえやす）に転生したい、とか言えばいいんでしょうか」

「名前で言われても困る。大金持ちの一人息子とか、運動神経抜群の若い体にとか、そういう風に言ってくれ。なるべく具体的な方が希望に添いやすい」

なるほど。

「あるいは、環境でもいいぞ。南国だとか、大都会だとか。どんな世界かがわかれば、そこから探してやる」

少し考えてから、僕は口を開いた。

「僕は今の世界が苦手なんです」

ビルカは黙って聞いている。

「生きていくにはお金がいる。お金を稼ぐには他人と競争しなくちゃならない。そういうの、もう疲れたんです。遊んで暮らせる世界がいい」

「遊んで暮らせる、それから？」

「あ、流石に望みすぎですかね。ほとんど働かなくてもよい、にしておきます」

「どちらでも俺は構わない。好きなように望め」

「はい。じゃあ遊んで暮らせて、誰とも競わずにすむ世界。そりの合わない人とは関わらなくても良くて、仲のいい人とだけ一緒にいられる。そんな世界へ転生したいです」

「ふむ。当てはまる人生を探すから、少し待て」

「はい」

ビルカが目を閉じる。

言ってはみたものの、そんな人生、あるはずがない。僕は一人で苦笑いする。だが拍子抜けするくらい簡単に、ビルカは頷いた。

「……見つかった。さっそく行くか？」

「本当ですか」

「ああ。準備ができたら、その指輪に向かって念じろ」

「念じる……というと」

「強く意識すればそれでいい」

言われたとおりにすると、石が突如として虹色の光を放ち、輝き始めた。

「よし。今、転生先の肉体の同じ場所にも、指輪が生成された。二つの肉体が繋がり、魂を転送する準備が整った」

ビルカがぽん、と僕の背を押した。それが合図だった。

「行ってこい」

石の光はますます強くなり、直視できないほどだ。ビルカの声が響く。

「いいか。帰りたくなったら、そう指輪に向かって強く念じろ。元に戻れる。不慮の事故なんかで死んだ場合も同じだ。指輪を嵌めている限り、魂は元の体に帰ってくる。転生先に満足して、もう戻りたくないなら、指輪を捨てて人生を全うすればいい。わかったな」

ロケットのように加速する感覚が全身を走る。視界には虹色の粒子が満ちて、あたり一面から流星が吹き上がった。薄れていく世界の輪郭を見ながら、僕は心の中で呟いた。

さよなら、生き辛かった世界。

第一章　楽園を捨てる理由（わけ）

　はっと眼を見開いたとき、僕は水中にいた。

　転生したんだ。ランプの魔神は本物だった。

　ここはどこだ？

　って、ちょっと待て。猛烈な濁流だ。押しまくられて、どちらが上かもわからない。いくらもがいても、深い水底に引きずり込まれていくようだ。

　まさか、溺れ死んだ体に転生してしまったのか。何考えてるんだ、ビルカのやつ。このままじゃもう一回死ぬだけだ。

　目の前で泡が逆巻き、青緑色の水の中、泥が吹き上げられている。息ができない。苦しい。鼻から、口から、水が入ってくる。気が遠くなっていく。そうだ、戻ればいいんだ。確か、ええと、指輪に向かって念じ……。

　そこまでだった。

　世界が闇に包まれ、僕の体からは力が抜けていった。

　どれくらい時間が過ぎたのか。気がついた時には、河原で太陽を見上げていた。体には一枚、獣の毛皮が布団のように載せられている。

まだ生きている。

転生してすぐに死亡という間抜けな結末は、避けられたみたいだ。己の体を触って、怪我(けが)がないかを確かめた。

よく日焼けした肌の、逞しい肉体だった。十八歳くらいだろうか。体はびしょ濡れで、腰巻きを一枚着ているだけだったが、寒くはない。

あたりはお風呂場のように暖かく、かなりの湿気だ。遠くで甲高い鳥の声が響き、花の香りが漂ってくる。熱帯植物園を思わせる光景の中、僕は立ち上がった。

見渡す限り鬱蒼(うっそう)としたジャングルが続いている。なんという重厚な森だろう。高層ビルのように背の高い木、戸建て住宅くらいの高さの木、また少し低い木、そして地面の近くに生い茂る小さな木……と何層にも森が重なっている。文明の気配は全く感じられない。

ここはもしかして、原始時代か？

遊んで暮らせる人生をリクエストしたはずなのに、どうしてこんなところにいるんだろう。話が違うんじゃないか。だんだん不安になってきた時だった。

ざばっ、と川で何かが跳ねる。

驚いてそちらを向いて、僕は目を離せなくなった。

若い女性が一人、そこに立っていた。

背が高い。僕と同じくらいはある。そして頭が小さく、均整の取れた日焼けした肉体は、引き締まっている。これほどスタイルが良い人を初めて見た。濡れて艶めく長い黒髪を後ろで束ね、腰と胸に獣の皮を巻いている他は、何も身に着けていない。卵形の顔には整った眉とまん丸の黒目が並び、額から落ちた水のしずくが、染み一つない肌を伝っていく。

女性はふう、と息を吐くと、そのままこちらに向かってきた。手には木槍を握っていて、その先端には両手で抱えられるほどの大きな魚が突き刺さっていた。やがて僕と目が合うと、無表情のまま、こくりと一つ頷いた。

「あ、あの……」

僕はおそるおそる声をかける。

露出は多いものの、女性からいやらしい感じはしない。鹿や黒豹といった野生動物のような印象をまとって、彼女はそこに立っていた。

「あなたが、溺れている僕を助けてくれたんですか？　ありがとうございます」

口から出たのは日本語ではなく、知らない言葉だったが、詰まることもなくすらすらと話せた。

しかし女性は返事もせずに背を向ける。

ゆっくりと僕から距離を取り、砂利の上に魚を置いた。何をするのかと見ていると、枯れ枝を集めて手元で擦（こす）り合わせ始める。やがて、小さな火が起きた。慎重に息を吹きかけながら、さらに枯れ枝を突っ込む。みるみるうちに焚き火になった。石を積み、枝を渡して魚を吊るすと、時折ぐるぐると回転させながら焼き始めた。

いい匂いが漂ってくる。

どちらかといえば魚は苦手なのだが、たまらなく胃袋を刺激される。まるで焼き肉のような香りじゃないか。脂が滴り、じゅうじゅうと石の上で跳ねている。女性は機嫌良さそうに鼻歌を歌いながら、火加減を見たり枝で鱗を剥いだり、淡々と作業を進める。

やがて、女性が魚を火から遠ざけた。尖った石を見繕って手に取ると、魚を捌いていく。器用に皮を裂き、骨を除き、内臓を取り分ける。白い肉からは、ほかほかと湯気が立っていた。女性は魚肉をひとつまみして口に入れ……にっこり、笑った。

僕のお腹がきゅう、と鳴る。涎が垂れそうだ。

少し分けて貰えないかと一歩踏み出した時だった。女性は近くの大きな葉っぱを取ると、そこに魚肉をせっせと盛り、あたかも当然のごとく差し出したのだ。

「えっ。いいんですか」

魚肉と女性の顔を交互に見る。お礼に渡せるようなものは何も持ち合わせていない。だが女性はもう、僕には目もくれなかった。ただがつがつと魚を頬張っている。

僕は魚肉を、そっと手づかみで口に運んだ。一口噛んで、目を見張る。

うますぎる。

しっかりした噛み応え、柔らかくほぐれる身、噛む度に染み出る肉汁。鶏と牛とカニのいいとこどりをしたような。味付けもされていないのに、こんなうまい魚、食べたことがない。新鮮だからだろうか。

僕は夢中で魚をむさぼった。葉っぱのお皿から肉がなくなると、女性は嫌な顔一つせず、また新たに取り分けてくれた。

やがてあれだけ大きな魚が、すっかり骨と皮と鱗だけになってしまった。女性は最後にデザートのように、茂みから赤い実を取ってかじると、川で口をゆすぐ。そして焚き火を挟んだ向こう側に、幸せそうな顔で腰を下ろした。慌てて駆け寄って、僕は頭を下げる。

「助けて貰った上に、食事まで。本当にありがとうございます」

女性は何も言わない。目を閉じたまま、うっすら微笑みを浮かべて座っている。解いた黒髪が綺麗だった。

「僕は古狩サトルといいます。あなたは、ここに住んでいる人ですか。良かったらお名前を教えて貰っても？」

聞き取りづらかっただろうか。僕は頃合いを見て、心持ちゆっくりと話した。

「僕は、サトル、です。あなたは、誰ですか」

川はよどみなく流れ、木々の合間から心地の良い日が差している。黄色い小さな蝶が、ふらふらと飛んでいた。

「どうして無視するんです？　でも魚をくれたってことは、別に敵視されているわけでもない、のかな。あの、どうなって……え？　これって、まさか」

遠くで鳥の声がする。すう、すう、と女性は穏やかに、規則的に息をしている。僕は愕然と呟くほかなかった。

「寝てる……」

起きたら今度こそきちんと話をするぞ。そう固く決意する。

だが、こちらの意気込みにもかかわらず、女性はなんと夕方まで寝ていた。長い。思いつく限りの暇つぶしを試したあげく、最後は流れる雲を見上げてあれは象に見えるとか、パフェに見えるとか、一人で想像して過ごした。やがて雲は雲でしかない、と悟りの境地に至りつつあったとき、ようやく女性が目を覚ました。

むくり、と立ち上がり、眉間に皺を寄せて猫背になっている。眠そうだ。僕に一瞥をくれると、こくりと頷く。そしてふいと背を向け、歩き出した。

「あ、あのう。どちらへ」

返答はない。

「僕も、ついていっていいですか」

やはりない。

暗くなっていく森からは、何か得体の知れない動物の鳴き声が聞こえてくる。こんなところに一人にされたらたまらない。

僕は彼女の後を追った。反応はないけれど、追い払われもしない。そのうちに森の中に小屋が見えてきた。

樹をそのまま柱にし、蔓（つる）や枝などを使って組み上げられている。細くて硬い植物の茎を並べた床、壁、天井。ちょっと激しい雨が降ったらそこら中から雨漏りするだろう。女性の後に続いて、梯子(はしご)を登った。中は案外広くて、五、六人くらいは雑魚寝できそうだった。

女性は一角に陣取ると、槍を足と足とで挟んで、月明かりを頼りに穂先を締め直し始めた。後から入ってきた僕には目もくれない。様子を窺いながら室内を物色してみる。たくさんの道具があった。斧、槍、釣り竿、お椀……みな石、植物、あるいは骨で作られている。隅には動物の皮が重ねてあった。

「あの……ここはどこですか。今は西暦何年かわかりますか」

女性は無反応。いい加減、腹が立ってきた。こうなったら何としてでも、こちらに興味を持たせたい。

「キョーッ！」

奇声を上げて、両手を振り回してみた。女性はちらり、とこちらを見た。やや警戒した表情。だがしばらくして、どうやら危険はないらしいと思ったのか、また槍の微調整に戻ってしまう。

僕は息切れと共に座りこむ。一体どういうことなんだ。この独特の距離感が、ここでは当たり前なのか。

「あの、せめて名前くらい教えてくれませんか。勝手にあだ名をつけますよ、ヒルネスキーさんとか。それが嫌なら名前を教えてください、お願いします」

女性は額の汗を拭き、しっかりと固定された穂先を見て、満足げに頷いた。

「もしかして言葉が通じてない？　やけに無警戒だし……どうなってるの、これ。僕が悪人だったらどうするんです。いきなり襲いかかるとか、考えないの」

　女性が懐に手を入れると、イチジクに似た形の果物がいくつか転げ出した。半分ほどを取り分けると、すっと僕に向かって差し出す。

「……ありがとうございます、ヒルネスキーさん」

　外で、きいきいと声がする。女性はそっと暖簾を上げ、様子を窺って一つ頷いた。そして果物を一つ、僕に渡したのと同じように入り口のそばにおいた。猿だろうか、毛むくじゃらの手がにゅっと出てきて、掴み取っていく。

「あの、ヒルネスキーさん。僕、猿と同じペット扱い……じゃないですよね？」

　女性は果実をかじり、喉を鳴らして飲み込む。僕も仕方なく口に運んだ。筋張っていて、小さな種がある。ふかした芋のような食べ応え。ただ、皮や実の香りはバナナそのものだった。もしかしてこれ、バナナの原始的な品種なのだろうか。

　食べ終わると、女性は皮や種を、窓から外にぽいっと放り出した。そして体を伸ばして大あくび。

　獣の皮を取って布団のように体にかけ、目を閉じる。が、ふと何かに気づいたように起き上がり、クンクンと皮の匂いを嗅いだ。無表情のまま「ンッ」と眉間にだけ皺を寄せた。その皮を隅に押しやり、別の皮を自分にかける。また別の皮を僕の方に一つ、ひょいと投げてくれた。

「何から何まですみません。ヒルネスキーさん」

寝る準備が終わってから、女性はこちらを向いた。

大きな黒い目で僕を見つめ、自分自身を指さす。そしてにこっと白い歯を見せて笑い、
一言だけ口をきいた。

「メゾ」

そしてすぐに背を向け、横になってしまった。

「えっ」

突然のことに、僕はしばらく硬直してしまった。

「名前……メゾって言うんですか」

返事はない。ただ寝息だけが聞こえてくる。

まだ寝るのか、この人。

なし崩し的に、メゾとの暮らしが始まった。共同生活というよりは、一方的な僕の寄生
である。
朝は、二人の腹の音と共に始まる。
ぐうぐう鳴るお腹をさすりながら、メゾが起き上がる。時計がないのでよくわからない
が、昼前くらいだろうか。メゾはけっこう、朝寝坊だ。
その日の気分にもよるが、だいたいは歩いてすぐの川へと向かう。水を飲んで口をゆす

いだら、次は朝ご飯の調達だ。

川には魚がたくさんいる。覗き込んでみたが、これがもう、うじゃうじゃいるのだ。とるのは簡単。メゾがするように狙い澄まして槍で突いてもいいし、虫を餌にして釣り上げてもいい。何なら道具がなくても良さそうだ。近くで音を立てるだけで河原に飛び出してきたりするのである。いつもメゾは三十分もかからず、食べきれないほど魚をとっていた。

魚は焼いて食べる。メゾが枝と枝とを擦り合わせて火を起こしてくれるから、僕は薪を拾ってくるだけ。魚の中心に串を通し、支柱に乗せて、ぐるぐる回しながら焼く。魚にせよ肉にせよ火の上で焼くものだと思っていたが、メゾは火の横で焼いていた。その方が焦げ付かずに綺麗に仕上がるようだ。

これがもう、本当に美味である。どうしてこんなに美味しいのか、説明できない。鮮度なのか、野性の趣なのか、それともただ空腹なだけか。味が濃く、滋味豊かで、命そのものが体の隅々まで染み渡っていくのを感じる。すっかり人生に満足するような味。これが簡単に、いくらでも手に入るのだから素晴らしい。

そして食べ終わったら次の仕事は……ない。自由時間だ。夜まで何もすることがないのである。魚は十分とったし、夕飯も同じものを食べればいい。

だんだん、転生した理由がわかってきた。ここは確かに、ほとんど働かなくてもいい世界だ。原始人たちは厳しい大自然の中で、苦労して生きていると思っていたのだが、そうとは限らないらしい。

メゾは日々、のんびりと暮らしている。ご飯を食べたら、大抵は昼寝タイムだ。食べ終わってそのまま寝ることもあるし、涼しげな木を探して登り、そこで寝ることもある。だいたい、夕方までだらだら寝ている。引きこもりだってもう少し活動的ではなかろうか。

その日の気分によっては、他の食べ物を探しに行く。

森を歩いて、例のイチジクに似たバナナや、椰子（やし）の実などを集めて回るのだ。これも仕事というより、散歩のついでに、そのへんのおやつを摘まむという感じだ。案外色々な実が、さほど苦労もなく手に入る。食べられる実かどうかは、メゾが判断してくれた。

中にはまるでお菓子のような実もある。中身がむっちりした半透明の実は葛餅（くずもち）のようだし、茶色くてごつごつした実には酸っぱい綿飴に似たものが詰まっている。赤黒い棘（とげ）が生え、貝に似たグロテスクな実は、クリーミーで洋菓子のようだった。スイーツバイキングか、ここは。

「今日はあの実が食べたい」とリクエストすると、メゾはこくんと頷き、一緒に探してくれる。親切な人だ。

獣を狩ることもある。獲物はリスや鳥、猿などだ。これも通りすがりに見つけたのでとりあえず槍で狙ってみる、という感覚である。メゾの腕はたいしたもので、「ホーッ、ホーッ」と声を出して追いたて、隙を見て飛び掛かり、止（とど）めまで一人でやってのけてしまう。

僕が怖くて目を背けている間に捌き、焼いて、串に刺して差し出してくれるのだ。最初は口にするのも恐ろしかったが、ある日思い切って食べてみたら、独特の風味があって美味だった。

他には、道具を作って過ごす日がある。

メゾは実に器用で、そこらから石や木を拾ってきては、斧でも弓でも、家具でも草籠でも、何でも作ってしまう。

よくわからないのは、すでに十分ストックがあるのに作っているところである。槍だけでも小屋に二十本くらいあった。

「どうして使い切れないのに、たくさん作るの？」

そう聞いたら、メゾはじっとこちらを見て、ぽつりと言った。

「ひま……ゆえ」

ともかくメゾがこしらえた様々な道具のおかげで、生活は意外に快適だった。心地よい椅子もあるし、ハンモックもある。虫よけのオイルや、皮のサンダル、雨の日にかぶる笠や皮製の上着まで、メゾは作ってくれた。

一週間と少しが過ぎる頃には、僕は妙な気持ちになっていた。

何なんだ、これは。原始時代、現代よりも優れてはいないか。

一日の労働時間は長くても三時間ほど。週に休みは三日以上。ちょっと多めに魚をとれば、何日かは働かなくてすむ。とにかく食べ物が豊富で、手に入れるのがあまりに簡単なのだ。

そして仕事のストレスがない。いや、遊びに近いというべきか。宝探しゲームのように果物を探し、プラモでも作るように石器を組み立てているメゾを見ると、わからなくなってくる。どうして現代人は仕事と遊びを二つに分けてしまったのか。

面倒な家事がほとんどない、というのも衝撃的だった。

たとえば掃除やゴミ捨てはしなくていい。骨や皮、食べ残しなどのゴミはその辺にどんどん投げ捨ててしまう。数日過ぎてから見ると、すっかり綺麗になっている。ゴミを集めて穴に埋めていたら、メゾに怒られた。「虫や動物たちの分、捨てるは、だめ」だそうだ。ここではポイ捨ては、むしろ自然に優しい行いだ。

小屋が汚れても気にしない。雨が降れば綺麗になるし、住めないほど汚れたら「新しいの、建てる」とメゾは言う。

洗濯もめったにしない。

たまに川岸で砂を塗すようにして皮を洗うが、かなり珍しい。そもそも、川という二十四時間使い放題のお風呂があるおかげか、あまり体も服も汚れないのだ。リンスもシャンプーも、石鹸すらないけれど、メゾの髪や肌はさらさらで潤っていた。

毎日、ゆったりとした時間が流れていた。余裕に満ちた暮らしだった。

昼も夜も暖かくて、いつも爽やかな樹の匂いがする。夕方に訪れる豪雨はシャワーのようで気持ちがよい。

虫が多いのだけ、初めは気になったけど、すぐに慣れてしまった。アパートの一室で虫に出会うのと、ジャングルの中で虫に出会うのとでは、異物感が違う。隣人のような存在に思えてくるのだ。

娯楽は少ない。本も、ゲームも、スマートフォンもない。インターネットも、テレビもラジオもない。夜はかなり暇だ。

だが、耳を澄ませば虫の声が聞こえてくる。葉が風にそよぐ気配がする。寝転べば満天の星が、手を伸ばせば届きそうなほどすぐ近くに広がっている。寝苦しい日は川まで行って、足首から下を水に浸す。清流を肌に感じ、時々木の葉が流れていくのをぼうっと眺める。夜気にくすぐられながらまどろみ、ちょっと寝転がって土の匂いを嗅ぐ。何とも心地よくて、頭が芯から休まる。

明日の予定はない。会社も学校も、会議もテストも、心配事は何にもないのだ。

現代日本の暮らしが、とても遠く感じられた。

狭苦しいトイレの中で、通勤電車で、足も伸ばせない風呂で……スマートフォンを見つめながら、ずっと不安を抱えていた。仕事でトラブルが起きたとか、最近ビタミン取ってないとか、世界経済の雲行きだとか、悩みは数え切れないほどあった。

今は何もかも、どうでもいい。そんなことより僕は今、生きている。息をして、心臓が動いている。川が流れていて、風が吹いていて、そして明日食べる魚は美味しい。他に考えることなんてないじゃないか。

久しぶりに肺の奥まで深呼吸できたような、そんな気分だった。

一つだけ、どうにもつかめないのは、メゾである。

今日もメゾは、魚肉を僕に差し出してくれる。きっかり半分を、嫌な顔一つせずに。僕はほとんど何もせず、ただ横でメゾの手際に感心しているだけで、食事が出てくる。

服が汚れれば新しく作ってくれるし、小屋も好きなように使わせてくれる。衣食住全て面倒を見て貰っているのに、見返りは何も要求してこない。手伝えとも言わない。手伝おうとしても相手にしてもらえないのだ。確かに何でもメゾの方がずっと上手で、僕の出る幕はないのだが。

ずっと助けられる一方というのは少々、居心地が悪い。何か裏があるのではと勘ぐってしまう。

「ねえメゾ、どうしてなの」

直接聞いてみたこともある。メゾはぽかんと口を開けただけ。黙ったまま、首を傾げた。

「……？」

「どうしてここまで面倒を見てくれるの。そんな義理、ないのに」

メゾは二、三度瞬きをして、端的に答えた。

「ついで」

メゾが僕に惚れているというわけでもない。そもそも異性として見られていない。たぶん。

たまにメゾは、じっとこちらを睨んでから、どこかへささっと走り出す。気になったのでついていってみると、メゾは茂みの陰で座り込んでいた。

「なぜきた」

「あ……いや。いつもどこへ行くのかな、と思いまして」

すると、戸惑ったような顔で瞬きする。それから、「あげる」と大きな葉っぱをくれた。彼女の真似をして座り込み、しばらくして、ようやく僕は理解する。トイレだったのだ。葉っぱはお尻を拭くためのもの。さすがにその時ばかりは、メゾも僕に注意した。

「ふつう、いっしょにはしない」

僕は謝り、逃げ出した。

やがて戻ってきたメゾに、僕は言った。

「君は無防備すぎるんじゃないの？」

メゾは不思議そうに首を傾げる。

「僕が悪い男だったらどうするんだい。そういうこと、ご両親に習わなかった？　夜だって、大股を開いて寝てるじゃないか」

ぽかんと口を開けてから、メゾはこちらを指さした。

「同じ」

「え？」

「サトル、同じよ」

しばらく考えてから、ようやく思い当たった。

「え、何。僕も無防備だって言いたいの」

こくんとメゾは頷く。

「でも男と女じゃ、話が違うよ。筋肉の量や、強さが……」

そこまで言ってはたと気づいた。言うほど、違うか？　少なくともメゾと戦ったら、負けるのは僕の方だ。腕力、勇気、何もかも及ばない。

「じゃあ僕も、メゾがその気なら襲われてたってこと？」

こくこく、と頷くメゾ。ぞわっと鳥肌が立つ。

「襲わないから、平気よ」

初売りセールでライバルをぶっとばすおばさんもいれば、貧相なもやし少年だっている。女を襲うのが男、女を守るのが男、なんてのはただの思い込みだったのかもしれない。少なくとも、メゾにそんな意識はない。

あくびをしているメゾに、聞いてみた。

「こないだ、水浴び中に出くわしちゃったじゃないか。あれも全く気にならないの？」

メゾは黙ってこちらを見ている。

「僕、まさかいると思わなくて、裸で川に入ったら君がいて……しばらくお互い、動けなかった。結局、僕が慌てて逃げちゃったけど」

　メゾは無表情のままだ。ただ、頬がほんのり赤くなっていく。

「もしかして、気にせず一緒に水浴びするべきだったのかな。君が何を考えてるのか、よくわからないんだよ」

「あれはね」

　メゾは、しずくが落ちるようにぽつり、と言った。

「少し、はず、かった」

　メゾは耳まで赤くなって、僕を見つめていた。

「え……ご、ごめん」

　ふるふると首を横に振り、メゾが付け加える。

「見たいなら、断る、ほどでもなかった。から、逃げなかった」

「いや。そこは断ろうよ」

　とりあえず認識が一致している部分があって、ほっとした。


　世話になりっぱなしというわけにもいかないので、何か僕にもできることはないか、とずっと考えていた。

　今日は少し自信がある。

　川で、拳より少し大きいくらいの黒光りする石を見つけたのだ。いわゆる黒曜石、つまり石器の材料に適した石ではなかろうか。こいつでナイフでも作ったら、きっと役立つぞ。

僕はメゾが木の上で昼寝している間に、こっそり加工してみることにした。まずは小屋から獣の皮を持ってきて敷く。その上に黒曜石を置き、よく観察する。

慌てることはない。要はガラスのようなものだ。どのように割れば鋭く、刃状の断面ができるか……よし、このあたり。狙い澄まして石を振り下ろす。パキッ、と硬質の音が響いて火花が散る。しかし表面から少し破片が毀(こぼ)れただけだった。諦めるものか。夢中で何度も繰り返す。

手が痺れ、額に汗が噴き出してきた頃だった。パキンと、黒曜石にヒビが入った。いいぞ、この調子だ。ほっとして微笑む。ふと、パチパチという音に振り返る。

そばに積まれた木材が勢いよく燃えていた。

一瞬、何が起きているのかわからない。そういえばさっき、火花が散っていた。おぼろげな記憶だが、黒曜石は石器の材料だけでなく、火打ち石にも使えると教科書には書かれていたような……。

さあっと、血の気が引いた。

「メゾ！　大変だ！」

メゾを起こして連れてきた時には、もう遅かった。

木材から小屋に火が燃え移り、手のつけようがなくなっていたのである。途方に暮れる僕らの前で、小屋は焼け落ちていく。梯子も屋根も柱も、道具も、何もかもが黒い塊になっていく。凄まじい熱の中、火の粉が舞っている。近寄ることもできない。やがて小屋を灰にしながら火は弱まっていった。森に燃え移らなかったのが不幸中の幸いか。

とんでもないことをしてしまった。

ずっと震えが止まらない。人の家を焼いたのは初めてだ。

「ごめん、メゾ。何て言ったらいいか……」

自己嫌悪で顔から血の気が引く。何度も頭を下げる僕の前に、いい匂いが漂ってきた。

えっ。何してんの、この人。

メゾが火で何かの肉をあぶっていた。棒に刺したその肉から、脂が滴っている。焼き加減を見てからふうふうと吹き、頬張った。

「あの。メゾさん。小屋が燃えてるんだけど」

もぐもぐと肉串を齧りながら、天を仰ぐメゾ。

「雷、降った？」

「いや、雷じゃないんだ。僕が石を叩いたせいで、火花が散って」

メゾはこくん、と頷く。表情はいつもと同じく穏やかで、瞳には責めるような光が全くない。

「雷でも石でも同じ。小屋、いつか土に還る。また建てればいい」

愕然とした。自分の家が全焼して、そんな台詞を言える人がいるのか。

「だけど、僕の失敗のせいだよ」

「肉、焼ける……美味しくなる。でも、焼けすぎると、苦い。美味しくない」

串を僕にも差し出し、メゾが言う。途中で何度も考え込みながら、ゆっくりと言葉を紡いでいく。

「果物、熟すと食べられる。でも色、変わりすぎると食べられない、お腹壊す……放っておくと、また果物ができて食べられる。何でも同じ。良い『時』と悪い『時』があって、行ったり来たり。その間で、メゾたちは生きていく。小屋には悪い『時』が来た。それだけ」

無理やり僕を慰めている、という様子でもない。彼女の目は、何かもっと大きなものを見ていた。

あるいは肉串を見ていた。

涎がメゾの口の端から垂れている。僕がいらないと首を振ると、小さく頷いて嬉しそうに頬張った。

「ちょうど良い頃合いだった。蜂、飛び始めた。もうすぐ川の魚、減る。代わりに猪、来る。『花と蜂と肉の時』、来る。もうここでは眠らない」

「移動するってこと?」

「そう」

食べ終わった串を、火とは反対側に投げ捨ててから、メゾは僕をじっと見た。

「メゾは、おうちに帰る」

「え、ここが家じゃないんだ」

「うん。ここ、別荘」

理解が追いつかない僕の前で、メゾは微かに首を傾げた。

「サトル、メゾの村、くる？」

「僕なんかが行っていいの」

役に立たず、家を燃やすような僕が。メゾはニッと笑う。

「サトル、いい人。メゾ、知ってる」

「そうかな。僕はそんなに上等な人間じゃ……」

「悪いこと、しなかった。良いこと、しようとしてた」

彼女の大きな瞳を見つめていると、胸の奥がほんのり温かくなる。誰かに認められるのが、こんなに嬉しいなんて。

「行く。行くよ。メゾの村に」

僕はそう答えていた。

「うん。メゾもサトル、一緒だと楽しい」

「え？　それはどういう意味で」

メゾは僕をじっと見る。

「食べ物、美味しそうに食べる」

「君ほどじゃないけど……」

「準備、する」

　メゾはまだ使えそうな木材をいくつかより分けて、旅支度を始めた。ふと気になって僕は聞いた。

「村があるのに、どうしてメゾはここで一人暮らしをしてたの？」

　メゾはしばし考え込んだ。適切な言葉を探しているようだった。やがて頷き、ぽつりと答えた。

「しゅみ」


　その日、初めてメゾが僕に手伝いを求めてくれた。

「魚、とる、お願い」

　まだ煙が燻（くすぶ）っている小屋を離れ、僕とメゾは力を合わせて魚を捕まえた。相変わらず呑気な魚ばかりで、すぐに二十四ばかりとれた。

「村に、おみやげ」

　メゾは魚を捌き、内臓を取り除く。そして枝を組み合わせて作った背負子（しょいこ）に積み、えいやと背負い上げる。

「生魚でしょ？　すぐに傷むんじゃ。大丈夫かな」

「へいき、へいき。しゅっぱつ」

　僕は戸惑いつつも頷き返す。

旅立ちはあっさりしたものだった。持ち物は槍一本と、魚だけ。

引っ越しとは家財道具を運ぶことだと思っていたが、メゾにとっては自分がよそに行くだけでしかない。獣道すらないジャングルの中を、ひたすら歩く。茂みを槍でかき分け、木の根や泥土を踏みつけ、時に木の枝を伝いながら。喉が渇けば椰子の実を探して割り、中のジュースを飲む。お腹が減ったら木の実を齧ったり、魚を焼いて食べる。雨が降れば大きな葉っぱを頭に載せ、ヒルに食いつかれたら草の汁を吹きかけて追い払い、傷口に葉っぱを当てる。とにかく何でもかんでも、あたりの物で調達してしまう。

なるほど、と僕は感心した。

「君にとって私物は持ち運ぶものではなく、その辺にあるもの、なんだね」

葉っぱを齧っていたメゾが立ち止まり、振り返る。

「しぶつ、どういう意味」

「自分の物という意味だけど」

「……サトル、作った言葉？」

しばらくぽかんと口を開けてしまった。

「私物という概念が、ないの？」

「考えたこと、なかった。サトル、どこで学んだの」

「それは……」

僕は右手につけたままの転生の指輪と、メゾの顔とを交互に見た。この人にになら言っても大丈夫のような気がした。

「実は僕、別の世界で暮らしていた記憶があるんだ。前世の記憶とでも言えばいいかな。そこでは自分の物と他人の物とがはっきり分かれていて、手に入れるには対価を払う必要があったんだ……」

メゾはただ、じっとこちらを見ている。

「ごめん。いきなりこんな突拍子もないことを言って」

もぐもぐ、と噛んでいた葉をごくん、とメゾが飲む。

そのまま見つめ合う。それなりの決意で話したのだが、驚くほどノーリアクションであった。

こくん、とメゾが頷き、また歩き始める。僕は後についていく。しばらく、どちらも何も言わない。

「あの。聞いてたよね」

「え。うん」

ぎょっとした様子でメゾが振り向いた。

「どう思った？」

「どう」

メゾは考え込んでしまう。俯いて「どう」ともう一度呟く。長い沈黙の後、メゾは言う。

「サトルのこと、二つわかった。サトルは、違う世界の記憶、ある。サトルは、たくさん話す、上手」

「なる、ほど……？」

こくん、と僕たちは頷き合う。そしてまたしばらく足を動かしてから、僕は聞く。

「あの、メゾ。気にならないの？　僕が一体何者なのかとか、そこはどんな世界だったのかとか」

「少しだけ、気になる」

「聞かないの」

「メゾは聞く、苦手……食べて、眠る、しているうちに違いは、わかる。ゆっくり染みこむ。大丈夫」

「そういうものかな」

それならそれでもいいけれど。どうも、ゆるい感じだ。これから向かう村の住民も、みんなこうなのだろうか。


休憩を挟みつつ、僕たちはほぼ丸一日歩き通した。

このジャングルの中でよく方向がわかるな、と感心していたのだが、実はメゾも割と適当に歩いているようだ。

「村はどっちなの？　あとどのくらいかな」

と聞くと、こんな答えが返ってくる。

「三つ目の川の、水が流れてくる方」

実にざっくりとした理解である。つまり二つ川を渡り、三つ目の川に行き着いたら、渡らずに上流に向かうというだけ。ジャングルの方向感覚とはそういうものか。

もっとも、遠回りしたところで食べ物はそこら中にあるのだから飢える心配もない。ただ、せっかくのお土産には問題が起きていた。

「メゾ、魚が……」

「あら」

いくつかが傷んでいた。だから言ったのに。だが、メゾに落ち込んだ様子はない。汁が垂れ、虫がたかっている魚を、淡々と背負子から取り除く。

「軽くなった。軽くなった」

荷物は三分の一ほどに減ってしまったが、メゾは嬉しそうに笑い、また歩き出す。

うーん、そうか。

きちんと包装された賞味期限内の土産を抱え、GPS付きのスマートフォンで地図を見て、所要時間と最短経路を調べながら到着する……それが一概に、有意義だとはいえない。

メゾのような適当さがあった方が、人生は楽かもしれない。

僕たちは三つ目の川に行き着き、川に沿ってゆるい斜面を上っていく。

「ねえ、メゾ」

話しかけると、いつでも立ち止まり、大きな目をこちらに向けてくれる。僕が話し始めるまで、ずっと待っている。話し終わってもぼうっとしていることもあるが。

そんな彼女が、最近は眩しく見える。

「あのさ……いいよね。メゾの生き方」

「うん」

「着いてからにしようかとも思ったんだけど、忘れないうちに伝えておきたくて。君と一緒にいると、色々気づかされるんだ。もしかしたら僕は、メゾのように生きれば良かったのかなって。だから、これからも……」

「着いた」

「そう、村に着いてからも……え？」

「村」

メゾが実に無感動に指さす先で、森が忽然と開けていた。

そこは村と言っても囲いも塀もない。メゾの小屋によく似た建物が、五、六個並んでいるだけ。中心には広場があり、そこに十人ほどの男女が座ったり、寝転んだりしているのが見えた。

「ただいまー」

まるで買い物帰りみたいに、メゾはすたすたと村に入っていく。

おそるおそる僕は後に続く。どう名乗り、自己紹介したものだろうか。やがて白髪で筋肉質な壮年の男性が近づいてきた。

「お帰り、メゾ。元気で良かった。誰か連れてきたんだね」

「うん。川にいた」

「そっか。名前は？」

「サトル」

「サトルか。世話は？」

「メゾ、面倒見る」

「そっかそっか」

男は頷くと、あっさりと離れていった。

そんな捨て猫拾ったみたいな会話でいいのか。もっとこう、あるだろう。何か。

よいしょ、とメゾは広場に魚を下ろす。うまそうだな、と村人たちが集まってきた。さっそく火が焚かれ、魚が焼かれ始める。何も言われずとも自分から薪を探しに行く子供もいれば、ぼうっと眺めるだけの大人もいる。のんびりと作業は進んでいき、焼き上がった魚は切り分けられ、串に刺して配られる。

「ほい。サトル、だったな。私はシュガだ」

さっきの白髪の男性が、僕にも一串差し出してくれた。お礼を言う間もなく、別の男が葉っぱの入った草籠を突き出してきた。

「齧る？」

「あ、どうも……」

「俺はエンデっていうんだ。ま、よろしく」

エンデはよく日に焼けた、気のよさそうな小太りの男だった。丸顔で、右の頬に大きなほくろがある。

「魚と一緒に食べると、爽やかで美味しいぞ」

「あ、本当だ。すっきりする……ハーブみたいだ」

「うちの奥さんが摘んできたんだ。俺も、息子も大好物さ」

あっさりみんなの中に受け入れてもらえた。

エンデやシュガと雑談し、食べたいものを食べる。だんだんお腹がいっぱいになってきた。エンデが横たわったので、僕もそれに倣う。メゾもその辺で寝っ転がっていた。村人たちもお喋りしたり、木を削って何か作ったり、それぞれ好きなことをしている。

さっきから見ていると、堅苦しい決まりはないようだった。乾杯の挨拶とか、きちんと席に座って向かい合うとか、酌をして回るとか、みんなで手を合わせてご馳走様とか……そういうことを誰もやっていないのだ。僕の知っている宴会とはかけ離れた、リラックスした空間だった。

それからメゾと二人で、新しい小屋を建てた。

「サトル、その枝貸して」

「ほい」

「うん。ここ、支えてて」

「了解」

　メゾは気軽にひょいひょいと枝を組み上げていく。しばらくじいっと見つめたかと思えば、一部を取り外したりもする。

「ない方がいいかなと思って」

　僕はあたりを見回す。

「ねえ、どうしてここに建てると決めたの？」

　メゾはあちこち指さしながら、嬉しそうに語ってくれた。

「ほら、果物の木にすぐ手が届く。こっちは釣り竿を持ってそのまま川に行ける。楽しい」

　秘密基地でも作っているようだ。

　ここでは家を建てるのに、お金はいらない。土地を買わなくていいし、税金もかからない。建てたいところに、建てたいものを、建てるだけだ。不便を感じたらいつでも建て替えればいいし、新しい小屋を作ったっていい。作るのが面倒なら、木陰で野宿したっていいのだ。

「そう。現代日本もこういう仕組みだったら、良かったんだ……自分がダメな奴だなんて、思わずに済んだ」

つい独り言が出た。

メゾたちを見ていると嬉しくなる。ほら、本来人類はこうやって生きていたんじゃないか！　土地とかお金とか、いらないじゃん。そう言いふらしたくなる。

無事に新居も完成して、僕は村の一員として暮らし始めた。

何のことはない。ただ、周りにいる人が増えただけだ。

村人たちはみな、好きな時間に起きて、食べ物のために少しだけ働き、余った時間でそれぞれに好きなことをする。僕が欲しがれば食べ物を分けてくれ、見返りを求めはしなかった。

ああ。

ここは本当に、楽園なのかもしれない。


ある日の朝、僕は川で身体を洗いながら聞いた。

「しかし、よく共同生活が成り立ってますね、シュガさん」

「ん？　どういう意味だい、それは」

シュガは川の水で顔を洗うと、ぼさぼさの白髪をオールバックにして、針状の葉をヘアピン代わりにして留める。彼とは起きる時間が近く、小屋が隣同士ということもあって、すぐに打ち解けた。随分年は離れているはずだが、気さくで話しやすい人だ。

「だって、狩りに行かなくても肉を分けて貰えるなんて。真面目に働くのが馬鹿らしくなりませんか」

　ぽかんと口を開くシュガ。

「不思議なことを言うなあ、君は。そもそも狩りは楽しいことだろう。みんな行きたいから行くだけさ。嫌なら、村で寝てればいい。どうせ行きたい奴は誰かしらいる」

「そんなものですかね」

「それに、分け合うのはいいことだよ。狩りは運だからね。頑張っても何もとれない日もあれば、とれすぎて食べきれない日もある。腹に入る量には限界があるんだから、分け合った方がみんな得をする。そうだろう？」

「それは、そうです」

　僕はまじまじとシュガを見つめた。

「ん、どうしたの？」

「いえ、改めて流暢だなと思いまして……村に来るまで、みんなメゾのように片言で話すのかと思ってたんですよ」

「ハハハ、あれはメゾが話下手なだけだ」

　何だ、紛らわしい。

　それにしてもシュガと話していると、語彙も知性も、現代人とさほど変わらないので、驚いてしまう。

「こういう風に暮らしている人たちって、ウホウホ言いながら、石斧を振り回しているイメージがあったんですけどね」

「意味もなくウホウホ言う奴なんかいないさ」

シュガは豪快に笑った。

「人間、場所や時が変わったところで、大した違いはないだろうよ。君が以前住んでいたところでは、人間は手が三本あったかい。目が三つあったりするかな？　しないだろう。同じように、考えることだって大差ないさ」

僕はしばらく黙り込んだ。

「……でも、結構違うところもありますよ。たまにびっくりします」

「ほう、どんな？」

「たとえば、待ち合わせとか。明日一緒に狩りに行くと決めても、みんなで決めるのは待ち合わせ場所だけですよね」

シュガはぽかんとしている。僕が何を言っているのかわからない、という顔だ。

「時間ですよ。どうして時間を決めないんですか。下手したら何時間も待つことになるし、置いて行かれたりもします。非効率だとは思いませんか」

「時間を決めるだって？　それぞれ別の『時』を持っているのだから、たまたま『時』が重なった者同士が一緒に行けば、それで十分じゃないのかね」

訝しげに首をひねっている。そこから説明しなければならないのか。

「僕たちは、みんな時計を持っていて、確認しながら暮らしていました。ご飯を食べる時間、寝る時間、働く時間……そうして他人と時間を合わせて生きていたんです。でもここでは、みんな今が昼か夜かくらいしか気にしていない」

シュガは天を仰ぎ、目を細めて太陽を見た。

「その二つが分かれば十分じゃないか。腹が減れば食えばいいし、眠ければ寝て、働きたいときに働けばいいんじゃないのかね。気が向かないのに無理をしても、身体と精神に良くない。狩りなら力が十分に発揮できなくて、失敗するかもしれないぞ」

「それは、そうですが……」

正面からそう言われると、答えに窮してしまう。

ふと思いついて、僕は聞いた。

「年齢なんかも、数えていないと言ってましたね」

「前にも聞かれたね。その通りだよ」

彼らは自分の生年月日を知らない。「あの人より前、あの人より少し後に生まれた」とか言うだけだ。

「年、月、日、だったかな。計測の単位だということは以前教えて貰ったからわかる。だが、そんなものを数えてどうするのか、わからない……あの傷なんかもね」

シュガは振り返り、一本の椰子の木を見た。幹には無数の傷がある。毎朝僕がナイフで刻み込んでいるものだ。

「あれは、メゾと出会ってからの日数なんです」

傷はもうすぐ五十になる。

「きちんと数えておかないと、すぐにわからなくなってしまいそうで、不安で……」

「しかし、どれだけ数が増えようと、次に来る日は新しい日だろう。どうも、無意味な区切りをわざわざ作っているようにしか思えないんだが」

「それは、ええと。ここに来てからどれくらいの時間が過ぎたのか、長さを比べたり、測ったりできるじゃないですか。目安にもなりますよ。僕が以前住んでいたところでは色々な基準がありました。たとえば十八年生きたら、選挙で投票できるとか、クレジットカードを作れるとか。二十歳になったら、お酒や煙草を楽しんでいいとか」

「同じだけ生きても、責任感がある奴もいれば、ない奴もいる。どれだけやっても狩りが下手な奴もいれば、最初から上手い奴もいる。同じ年齢というだけで一緒だと見なされたり、年齢が下というだけで見くびられたりしたら、私は嫌だけどな」

「誰にでも共通の指標だから、わかりやすいんですよ。それに、イベントみたいなところもあります。新しい年が始まる時にはみんなで乾杯したり。誕生日や、結婚記念日を祝ったり」

「ほほう、奇妙なまじないと言うか……考え方をするものだな」

シュガが僕を見る目に、どきりとさせられる。そこには未開の文明を見るような、同情の光があった。

「ここが熱帯だからですかね」

ジャングルを見回して僕は言った。

このあたりは一年中、ほとんど気温が変わらないそうだ。暖かくて、食べ物が豊富で、水がたくさん。

「僕の住んでいた場所には、四季というものがありました。寒かったり暑かったりが、一年ごとに繰り返すんですよ。それによって作物が実る時季も決まってきます。否応なしに、年というものを意識させられたんだと思います」

シュガは川から上がると、砂利の上で水を落とした。

「その四季という現象は、確かに興味深い。だが私の考えはちょっと違うな」

朝の行水を終え、僕たちは村に向かって歩き出した。途中で茂みに立ち寄り、果物を探す。

「サトル、君も見ただろうけど、ジャングルの花は一斉に咲く。その蜜を吸いに蜂が飛んできて、実を食べに猪がやってくる。君の言っていた月という単位が五つか六つにつき一度、そういう時が訪れるんだ。猪の肉が食べ放題、『花と蜂と肉の時』だ。やがて実がなくなれば猪はいなくなる。その間は魚をとったり、引っ越しをしてしのぎ、また蜂が来るのを待つんだ」

頷きながら聞いていると、シュガがバナナの樹を見つけた。

「つまり、定期的に繰り返すものならここにもあるんだよ。だけど私たちは、時間を年で区切ったり、数えようとは考えない。他人と合わせるなんてもってのほかだ。なぜなら、ひどく傲慢なことに思えるんだ。まるで『時』を自分だけのものにしているみたいでね……」

シュガは緑がかった実を、房から一つもいで、こちらに手渡した。受け取る僕を見つめて微笑む。

「君が以前住んでいたところでは、こう思うんじゃないかな？　バナナを自分のものにした、と」

「え？　それは……そうでしょう」

ふっと笑うシュガ。

「私たちは違う。バナナだって馬鹿じゃない。大事なものなら、わざわざ人の手の届くところにほったらかしにするわけがない。私たちは、バナナの思惑に乗せられているんだよ。猪を狩るときの撒き餌や、罠と同じなんだ。実を作る以上の得が見込めるから、バナナは人に実をくれる。私たちの糞が欲しいとか、種を運んで欲しいとか、あるいは他の何かか」

「人が実を取るのは、バナナよりも人間の方が強いから、ではありませんか」

「いやいや、バナナを舐めちゃいけない。彼らがその気になれば人なんて簡単に殺される。ちょっと実に毒でも混ぜればいいんだ。実際、そういう樹がジャングルにはいっぱいあるじゃないか」

ひょい、と手を伸ばし、シュガは新しいバナナをもいだ。

「私たちはね、バナナと自分の『時』が近づいた、と考える。実を食わせたいバナナと、食いたい人間とが幸運にも重なった。全ては対等で、それぞれの『時』が近づいたり遠ざかったりしているのが、この世界なんだ」

そういえば、メゾも似たようなことを言っていた。

『『時』はね、自由にはならないんだ。待つしかないのさ。今、何かとの『時』が遠いなら、近づくのを待つ。『時』は常に揺れ、波打ち、脈を刻んでいるからね……いつか波長が重なり合う日が、きっと来る。とてもとても先になるかもしれないけれど、必ず『時』は訪れる。安心して、のんびり待てばいい」

バナナと僕の「時」か。思わずバナナをじっと見つめる。緑色の皮に見つめ返されているような気がして、背筋が寒くなった。

シュガが微笑み、ふと僕に聞いた。

「サトル。君とメゾの『時』は、もっと近づくのかな」

「えっ？　いや、それは……いきなり、何ですか」

うろたえる僕の前で、シュガはおかしそうに微笑む。

「何だ、私はてっきり結婚するつもりなのだと思っていたけれど」

「えっ、いや、えっ」

シュガは大真面目だ。自分の顔が赤くなっていくのがわかって、僕はしどろもどろに言う。

「その……僕にもよくわからないんですよ。メゾはいつも優しいし、僕もいい人だと思ってます。でも向こうは好きとも何とも言わないし、僕もこれが好きという感情なのか、はっきりしなくて。凄く頼りになる先輩、みたいな距離感で。どういう関係なのか、未だに」

「一緒に暮らすのは苦じゃないのかな」

「それはそうです」

「そうか、何よりじゃないか」

シュガは白い歯を見せ、僕の背を軽く叩いた。

「好きにしたらいい。私は見守っているよ。結婚することになったら、村長と親にだけ、教えておくれ」

戸惑いながらも、ありがとうございます、と頭を下げる。

「ところで、ここの村長って誰なんですか」

シュガはにこにこと笑っている。

「私だ」

「えっ……じゃあ、メゾの親というのは」

シュガはにこにこと笑っている。

「私だ」

え――――っ。

何でこの人たちはいつも、大事なことをなかなか言わないんだ。

バナナと人、それぞれの「時」がある、か……。一日中、シュガの話が頭の中でぐるぐる回っていた。夕食をお腹いっぱい食べて、小屋に戻ってからも、僕はしばらく落ち着かなかった。

メゾの行動の謎が、解けていく。

たまたま出会った僕に気前よく魚をくれた。家を燃やしてしまっても平然としていた。ぼうっとしているように見えて、時に信じられないほど寛容だった彼女。

全てが「時」の流れだと納得していたのだろうか。ただ巡り合ったものを受け入れ、離れていくものもまた受け入れて、生きてきたというのか。

そんなこと、人間にできるのか？

僕は右手の指輪を眺めて、前世を思い返した。

現代日本じゃ絶対、通用しないだろう。何でも早い者勝ち、取った者勝ちの世界だ。悠長にバナナとの「時」が近づくのを待っていたって、先に他の人に取られるだけだ。

考えてみればあの世界は、取り合うための仕組みだけは洗練されていた。法律というルールを整備し、お金を間に挟むことで、平和的に競争ができる。おかげで文明は発達し、暮らしは便利だった。電気、ガス、水道が完備され、コンビニやスーパーでは色々なものが買え、インターネットで世界中の情報を得られた。

だけど、取り合いは取り合いだった。

物はもちろん、土地や資源、アイデアや労働時間にまで値札がついていて、それらをどれくらい買えるのか、どれくらい稼げるのかで僕はいつも測られ、比べられていた。幸せとはある意味では、取り合いに勝ち越すことだった。その分、誰かと競わねばならなかった。

僕は深く息を吸って、また吐く。

外の広場ではまだ飲み食いが続いているらしい。焚き火の音と一緒に、草笛の音色が聞こえてくる。

ここでは競争しなくてもいい。メゾは何の財産も持っていないけれど、全てを手にしているとも言える。まだ持っていないものは「時」が来ていないだけ。失ったものは「時」が離れただけ。待っていれば、また全てが戻ってくるのだから。考えようによっては、誰よりも豊かなのかもしれない。

たらり、と冷や汗がこめかみを伝っていった。

果たして僕は、そんな心境になれるだろうか。

頭を抱えた。

そうなりたい、と思ってはいる。理想の世界だとも感じている。だけど自信が持てないのだ。

現代日本では、みんなと比べて控えめな自分に苦しんでいた。ここでは、あまりに欲がないみんなに戸惑っている。変な感じだ。衣食住全て面倒を見て貰っているのに、怖くなってくる。僕はここで、生きていけるんだろうか——

ぎしぎし、と小屋が揺れた。僕は慌てて指輪を覆い隠した。

「あ。起きてた」

メゾだった。膨れた腹をさすりながら梯子を登り、小屋の中に入ってくる。僕と向き合って壁を背に、すとんと腰を下ろした。

「……？」

僕が深刻そうな顔をしていたからだろう。メゾはこちらをじっと見つめて、首を傾げる。だが何も言わない。

代わりにそこにいて、そっと足を突き出してくる。

床に放り出した僕の足と、メゾの足が、正面から触れあった。互いの足の裏が重なる。ちょっとくすぐったい。しばらく僕たちは、相手の足の温かさを感じたり、指をちょっと押し返したりしていた。

「何してんの、メゾ」

耐えきれなくなって、僕は噴き出した。メゾも微笑む。

「あし」

「いや、足はわかるけど。足で何してんのさ」

「あしを出したら、いた」

「そりゃいるよ」

変な奴だな。

「あのさ……メゾは、僕のことをどう思ってるの」

「どう」

メゾは呟いて、長考に入る。彼女は考えるとき腕組みをしたり、目を閉じて額に手を当てたりはしない。ただ無表情のまま、動かなくなる。思考停止しているようにも見える。

「どう……」

「これからも一緒にいられるかな。迷惑だったりは、しない？」

こく、とメゾは頷く。そしてぽつりと一言、こぼした。

「サトル、落ち着く」

それを聞いて、自然に僕の口も動いた。

「僕も同じ。メゾと一緒だと落ち着くよ」

メゾは微笑んだ。暗くてはっきりとはしなかったが、その頬は少し赤らんでいるように見えた。

「落ち着くは、よいね」

その日、いつもよりも少しだけ近く、伸ばした手が何とか届くくらいの距離で僕とメゾは寝た。メゾの安らかな寝息を聞いていると、いつの間にかすっかり不安は消え、眠りに身を委ねていけた。

もっと、僕とメゾの「時」を近づけたい。

メゾと一緒に生きたい。そう思った。


ぐっすりと眠って、翌日の朝早く目が覚めた。

寝息を立てているメゾを起こさないよう、そっと梯子を下りる。広場に人影はなく、鳥やネズミだけがうろついていた。昨日の晩餐（ばんさん）の残りを漁っているのだろう。

いつものように川沿いまでやってきた。日数の刻まれた椰子の木の前で、僕は右手を広げ、指輪をじっと眺めた。涼しい風が通り抜けていくのを感じながら、しばらくそうして立ち尽くしていた。

やがて僕は決心すると、指輪を外し、椰子の根元にそっと埋めた。そして木に背を向け、歩き出した。

「おはよう、サトル」

声に驚いて顔を上げる。シュガが、寝ぼけ眼（まなこ）でこちらに向かってくるところだった。

「ああ、シュガさん。おはようございます」

「今日も、『時』を木に刻んでいたのかな」

「いえ」

僕は首を横に振った。

「もう、やめようと思います」

ほう、とシュガは目を丸くする。だが、それ以上深くは聞かなかった。

「一緒に水浴びに行くかい」

「ぜひ、そうしましょう」

もう、迷いはない。メゾやシュガと同じ「時」を過ごせると思うと、嬉しかった。

その日、川の水はいつもより心地良くて、体にこびりついた汚れをすっかり拭い去ってくれるような気がした。


一度意識しなくなると、暦や時間を忘れるのは早かった。平日も休日も、曜日も、年月日も。干支や年号も。どうしてあれほど常に傍にあったのか、不思議に思えるほどだった。なかなか気楽だ。年齢とか、婚期とか、定年とか、考えなくていい。同世代の平均年収との差とか、年相応の格好や振る舞いだとか、そういう枷からも解放される。何かをするのに、あるいはしないのに、年齢なんて関係ない。いつだって、今の自分がいるだけだ。

朝起きると、さあ今日は何をしようかなと考える。メゾと狩りに行ったり、エンデと馬鹿話をしたり、一人で思いっきりだらけたり、その日によって色々だ。楽しく過ごせる日も、うまく行かない日もあるけれど、とりあえず寝てしまえばリセットできる。また朝起きて、新しい一日が始まる。失敗を引きずらずにすみ、あれこれ未来を思い悩んだりもしない。一日一日が、宝石のように煌めいて過ぎていく。

どこか懐かしい感覚だ。そう、小学生の頃の夏休みに似ている。

最近の僕は……なんと、編み物に熱中している。

作るのは草籠だ。やり方はエンデが教えてくれた。彼は太くて短い指ながら、器用に丁寧に編んでいく。初めは真似するのも一苦労だったけれど、練習するうちにだんだん自信がついてきた。今やエンデと同じか、もしかするとちょっと僕の方が上手いかもしれない。自分にこんな才能があったなんて、知らなかった。

草籠作りは楽しい。

森で材料の蔓を探すのも、取ってきた蔓を水にさらして虫を除き、ひなたぼっこしながら乾くのを待つのも嫌いじゃない。まず骨組みを作り、少しずつ蔓を巻き、だんだん籠の形になっていくのを見ていると、思わず没頭してしまう。そして何と言っても、編み上がりの達成感だ。内側に折り込むようにして、蔓の端を留める……よし、一つ完成した。

陽光にかざしてみる。整然とした編み目、整った円柱形。これまでで一番かもしれない、惚れ惚れするほどいい出来だ。果物を入れるにも、魚とりの罠にも、十分使えるだろう。

出来上がった籠は、脇に積んでおく。一日に作れるのは多くて三つくらいだ。

「もらうよ」

積んだばかりの籠を、誰かがひょいと取る。

「あ……どうぞ」

僕は意識して笑顔を作り、頷く。

持っていったのは中年の女性だった。相変わらず丁寧な人だ。普通は声もかけずに、さも自分のもののような顔をして取っていく。

　誰もがそうなのだ。

　メゾが趣味でたくさん作り置きしている槍も、誰かが作った服やサンダルも、欲しければ自由に持っていっていい。何かお返しするのは自由だが、普通はしない。何の引け目もなく貰っていい。

　私物、なんてものはここにはないのだから。

　勝手に取ったり取られたりでは、誰かが取り過ぎるのではないか。最初はそう思ったけれど、大丈夫みたいだ。なぜなら、取ったその先で、また別の人に取られるからである。貰ったものを、さらに別の人にあげることも日常茶飯事。かくして、道具は色んな人の手を渡っていく。たまに僕が作った籠が、誰かからのプレゼントで返ってきたり、壊れてうち捨てられているのを見つけたりもする。

　出来のいい籠をあっさりと取られると、まだ僕は心がちょっとずきんとしてしまうが、だいぶ慣れてきた。この調子で頭を切り替えていこう。

　ふと、声をかけられた。

「サトル」

　振り返ると、メゾがいた。随分早いな。もう狩りから帰ってきたのか。

「どうかしたの、メゾ」

　メゾは浮かない顔をしている。いつになく暗い調子で言った。

「右頬ほくろの男、死んだ」

「えっ……」

まさか、エンデか。彼は今日も、メゾたちと一緒に猪を探しに行ったはずだった。

「右頬ほくろの男は、どうして死んだの」

僕はひそひそ声で聞く。死んだ人の名前を呼ぶのはタブーだった。こうして別の表現で呼ぶとしても、声はできるだけ小さく、こっそりと交わさなくてはならない。

「狩り、深追いしすぎた。止めた、けれど……足滑らせて、落ちた。目、閉じて動かなくなった。川の近く、埋める。サトル、埋める物、持ってきて」

「わかった」

僕は小屋に戻って、エンデとの思い出の品を探した。ずっと前、初めて村に訪れた僕に、薬味の葉っぱごと差し出してくれた草籠が出てきた。

「これくらいか」

僕は古い草籠を拾い上げると、川に向かう。メゾも槍を手についてきた。正直、実感が湧かない。この世界には死や悲しみなど存在しないような気がしていた。

だが、川べりのバナナの木陰で寝そべっているエンデを見ると、彼はもう二度と帰らないところに行ったのだ、と思い知らされた。

横に大きな穴が掘られ、周りにはエンデの使っていた槍や、服、そして花などが添えられている。エンデの顔色は白く、口から黒く血が流れた痕が残っていた。ただ表情は安らかで、笑っているようにも見える。右頬のほくろは変わらずそこにあった。

死んでしまった。あっさりと。

メゾたちの葬儀はごくシンプルだ。ただ埋めるだけで、儀式めいたことは何もやらない。ただし、死んだ人間の身の回りの物や、死んだ人間を思い出させる物も一緒に埋める。遺品を持つことは許されない。

僕は草籠を、もうすっかり冷たくなったエンデの脇に置いた。メゾは槍を、他の村人もそれぞれに何か、穴の中に放り込んでいた。

シュガがみなに聞いて回っている。

「もう、ないか？　右頬ほくろの男の『時』は、私たちから離れてしまった。他者の『時』を縛ってはならない。しっかり、彼を解放してやるのが最後のつとめだぞ」

みなが思い出の品を入れ終わると、シュガは手を挙げて合図した。槍で、籠で、いっせいに土が穴の中に放り込まれる。いつもは陽気な村人たちも、このときばかりはみな沈痛な表情を浮かべていた。時折、嗚咽も聞こえた。

やがて日が暮れる頃、すっかりエンデは見えなくなった。最後によく表面の土をならす。どこに埋まっているのか、もうわからない。彼はジャングルに還った。

シュガが顔を上げた。

「明日、引っ越しをする。場所は、そうだな……二つの川を渡った先、水の流れていく方、にしよう」

みなは黙って頷き、一人、また一人と村へと引き上げていく。

エンデの奥さんは、いつまでも名残惜しそうに土を撫でていた。エンデの小さな息子は、まだ何が起きたかわからないのだろう、バッタを追いかけながら、無邪気にハイハイをしている。

僕は、そこから離れがたかった。立ち尽くしたまま、呆然と考え込んでいた。

そうだよな。

理想の世界とはいえ、死も悲しみもある。当たり前だ、現実なのだから。

いつかメゾとも別れる日が来るのだろうか。

夕陽がやけに赤く、空恐ろしく感じられる。メゾもまた、僕のそばでじっと佇んでいた。

お互いに何も言わない。ただ、どちらからともなく手を差し伸べ、繋いだ。


その夜、なかなか寝付けなかった僕とメゾは、小屋の中で果物をかじっていた。ここで寝るのも今日が最後だ。

「人が死んだら引っ越す、というのはちょっと慣れないね。どうも、誰かの死をなかったことにするようで……」

僕が呟くと、俯いていたメゾが、顔を上げた。

「……苦しい、から」

「え？」

「ここ、思い出す。どこにでも、思い出、ある。一緒に遊んで、一緒に狩りして、一緒に食べた」

　途中からメゾの声は震えていた。

「たくさん思い出、あちこちに溢れて、潰れそう、なる。息、できなくなる。息するため、他の場所行く。息、楽になる……」

　しゃくりあげるのをこらえて、メゾは僕をまっすぐに見た。目は赤く腫れ、潤んでいる。

「今日、我慢できた。息、できる。でもメゾ、今日、わかったこと、ある」

　大きく息を吸って、吐いてから、メゾは僕に告げた。

「サトル、いなくなったら。メゾ、息できない」

「メゾ……」

　僕の手を取り、メゾが言った。

「サトル。いなくなる、いや」

　絞り出すようなその声に、胸が締め付けられるようだった。僕はメゾを見つめ返して頷く。

「いなくなるもんか」

　いつも飄々としていて、僕が籠を編んでいるとそっと背中合わせに寄り添ってくる、野生動物のような女性。今日はやけに弱々しく、儚く感じられて、思わずその体を抱きしめた。

「メゾがいない人生なんて、もう考えられないよ」

そんな台詞が自然と出ていた。逞しく強いメゾが、腕の中では小さかった。細くて、華奢で、冷たかった。震える肩をそっと押さえ、体温を分け与えるように優しく撫でてやる。

「死ぬときは一緒だ。絶対に」

少しずつ、彼女の震えが収まっていく。メゾが安らいでいるのがわかって、涙が零れそうなほど、嬉しかった。自分にそんな力があったことを感謝した。

その夜、僕とメゾは抱き合ったまま横になった。キスもなく、はっきりした告白の言葉もない。代わりにメゾは僕の耳の後ろあたりをクンクンと嗅ぐと、安心したように目を閉じ、僕の腕を枕にして眠った。


翌日、川で出会ったシュガは、僕の顔を見るなり破顔した。

「結婚おめでとう、サトル」

「ええっ？」

「顔に書いてあるよ。メゾと仲良くな」

「別に僕はまだ、何も。ただ一緒に横で寝ただけで……」

洗ったばかりの顔で、ニヤッと白い歯を見せるシュガ。

「はは、いや、悪い。実はさっきメゾと会ってな。あいつが何をしていたと思う？　珍しく早起きして、髪を梳いていたんだ。すぐにピンときたね。いつも『めんどくさい』ってぼさぼさのまま過ごしてた子だよ」

　この人にはかなわない。顔が赤くなっていくのがわかる。

「好きなんだろう？　サトル」

「はい……」

「好き合う相手に出会う、本当に素晴らしいことだ。結婚、おめでとう」

　結婚といっても、ここでは届け出も、披露宴も、指輪もないという。シュガは言う。

「心が通じ合えば、それが結婚だよ。結婚しているかどうかは、お互いの心が決めるんだ。周りの誰かが決めることじゃない」

「なるほど。でも、心が離れてしまったら辛いですね」

「辛いが、仕方ない。恋もまた『時』だからね。私たちの自由にはならない。大切な人の気持ちが変わっても、その人を責めてはならない。自分の気持ちが変わっても、反省する必要はない。私たちにできるのは、ただ待つことだけ。また『時』が巡ってくるように」

　離婚も浮気もやむを得ない、そう言っているようにも聞こえる。だがその裏には、恋愛へのある種の覚悟が潜んでいるのが伝わってきた。

「サトル、そろそろ戻ろう。今日は引っ越しもある。忙しくなるぞ」

　川から上がり、村へと向かおうとした時だった。シュガがふと立ち止まり、川岸の一角を睨みつけた。いつになく、彼の表情は引きつっている。そして大股で歩いて行くと、

「おい！」と大声を上げた。

「お前、何をやっている、そこで」

彼が声を荒らげるところを見たのは初めてだ。何にそんなに怒っているのだろう。とにかく後についていくと、川岸で一人の男がしゃがみ込んでいるのが見えた。あれは、グリュムだ。

彼は異質な村人だった。

痩せこけた顔に、ぎょろっとした魚みたいな目、半開きの口。いつも独りぼっちで、ほとんど誰とも会話しない。狩りや果物探しには参加せず、みんなの食べ物を分けて貰うだけ。暇があれば森に行き、ぼうっと地面を見つめていたり、動物や虫に話しかけたりしていた。

グリュムはこちらを振り返ると、呆(ほう)けたように首を傾げた。

彼の前にはカブトムシのような甲虫が、何匹か群れて集まっている。彼らを指さしてシュガが言った。

「これは一体、何だ」

グリュムは口ごもりながら、にんまり笑って答える。

「か、かたい、虫だよ。おれの、友達なんだ」

甲虫の首あたりには蔓が巻かれ、その先はグリュムの手に握られていた。犬のリードのようだ。甲虫たちは弱々しい動きで這い回り、グリュムが持ってきたのだろう、割られた果実の汁を吸っていた。

僕はへえ、と微笑んだ。グリュムって、そういうところもあるんだ。

だがシュガの反応は、僕とは全く異なるものであった。

シュガは息を呑むと、うえっ、と口を押さえて苦しそうにえずいた。吐き気をこらえているようだ。それからこめかみに血管を浮かべ、顔を真っ赤にして叫んだ。

「グリュム、お前というやつは」

甲虫を一匹つまみ上げると、その怒りは頂点に達した。

「お前、虫を何だと思ってる」

角には、小さなピンクの花が結びつけられていた。

「い、いいだろ。そいつ、角が小さいからさ、め、目立つようにしてやったんだ。う、嬉しそう、だろ？」

にんまりとグリュムが笑うと、ところどころ欠けた前歯が覗く。

「ふざけるな！」

シュガが花をちぎり取り、投げ捨てた。花は僕の足元に、ぺしゃっと落ちる。あまりの剣幕に、僕はその場から動けない。

シュガは首に巻かれていた蔓も剥ぎ取って、近くの木に甲虫を押しつけた。甲虫はしばらくそこにしがみついていたが、やがてよろよろと裏側に向かって這っていき、途中でぽたっと茂みの中に落ち、見えなくなった。

グリュムは唖然（あぜん）としている。

「な、なぜシュガ、おれの友達……」

　答えず、シュガはグリュムの頬を張った。うっと唸って倒れ込んだグリュムに向かって続ける。

「わからないのか、グリュム。お前は他者の『時』を無理やり、自分の『時』に合わせている。虫はお前の友達じゃない……お前の友達にさせられているだけだ。どうしてその傲慢さに、その悍ましさに気づかない」

「そんなこと、ない。かたい虫、おれのこと、す、好きなはずだ。おれも、かたい虫、好きだから」

　首を横に振るシュガ。

「妄想もいい加減にしろ、歯止めが利かなくなるぞ。そのうち自然の何もかもが友達に見えてくる。自分がこの世界の主人であり、他は好きにしていい存在だと、お前は考えるようになる……行き着く果てはどうなる？　全ての『時』を支配し、全ての調和を乱し、世界を壊してしまうのだ」

　僕にはシュガの理屈が、よくわからなかった。どこまでが「時」が近づいた結果で、どこからが「時」への冒瀆なのか。境界線が見えないのは、やっぱり僕が本当の意味で「時」を理解できていないからだろうか。

「おれは、そんなつもり、ない。お、おれは……」

　怯えながら上目遣いにシュガを見るグリュム。彼をじっと睨むシュガ。しばらくそのまま、沈黙が続いた。

「行こう、サトル」

やがてシュガは寂しそうに呟き、踵(きびす)を返して歩き出した。

グリュムは項垂(うなだ)れ、虫のいなくなってしまった果実を見つめてしょんぼりとしている。

何だか哀れな姿だった。

僕は身を屈(かが)めると、シュガが捨てた花を拾い上げる。そして、グリュムに向かって差し出した。

「はい」

「あ……あ、ありがとう」

グリュムは目を丸くしていた。

「今度は、シュガに見つからないようにやりなよ」

「え?」

「じゃあ、僕も行くから」

急いでシュガの後を追った。途中で振り返ると、グリュムはまだそこにいて、ぼうっと僕の方を向いて座り込んでいた。

昼過ぎにはみんな起き出し、やがて引っ越しの準備が整った。解体した小屋を担いでいる者もいれば、手ぶらの者もいる。これから僕たちは、新しい場所に向かう。

　シュガを先頭に、村人たちは歩き出した。僕とメゾは、最後尾だ。何度もお世話になった川を渡り、向こう岸へと進んでいく。流れは緩やかで、底の石が滑りやすいことだけ気をつければ簡単だった。

　渡り終えた時、ふと視線を感じて振り返ると、グリュムが対岸に立っていた。ついてくる様子がない。

「グリュム、来ない」

　メゾが、聞くより先に答えを言った。

「シュガ、別れる、決めた」

「別れるって」

「暮らし、別にする」

「ああ、なるほど。そういうことか……」

　人間関係が悪化したら、大きな揉め事になる前に、こうして離れるのだろう。無理して一緒に暮らす理由などない。嫌な奴とはどんどん別れて、気の合う人間とだけ付き合えばいい。ジャングルは広いのだ。険悪な相手でも、もう顔を合わせないと思えば、怒りをため込まずにすむ。

　自分が望む相手と、望む分だけ共に過ごす。だから嫌な上司も、いじめっこも、親戚づきあいもご近所づきあいもない。合理的だ。

　おそらくシュガたちのグループは、ジャングルにたくさんあるグループの一つに過ぎないのだろう。「時」に関する考え方も、もしかしたら他のグループでは違うのかもしれない。

僕は川の向こうに目をこらした。

グリュムは僕を見ているようだ。軽く手を振り、別れを告げる。

もう一生会うこともないのだろう。

グリュムは軽く頷いたように見えた。やがて、彼は踵を返し、僕たちとは真逆の方向、茂みの中へと消えていった。

新しい地に行き、そこで暮らす。やがてまた新しい地に行き、暮らす。人が死んだり、誰かと誰かが仲違いをしたり、あるいは狩りの獲物が減ったりするたびに、僕たちは引っ越しをした。

どれくらいの時間が過ぎたのだろう。猪が大量にとれる「花と蜂と肉の時」も、あれから三回ほど経験している。ずっと剃らずにいたら僕の髭はぐんぐん伸びて、今では口髭と顎髭が繋がってしまった。

村から誰かが立ち去って行くことがあった。かつての僕のように、どこかからのはぐれ者が仲間入りすることもあった。そうしてメンバーが入れ替わる中で、いつの間にか僕は、新人に教える立場になることも増えた。

村の子供たちは成長し、大人は老いていく。

　シュガはだんだん痩せ、腰が曲がってきた。代わりにメゾはいっそう逞しくなり、今では狩りのリーダーをつとめている。無口だが判断は的確で、次の村長はメゾだと目されていた。昼寝好きなのは相変わらずだけど。

　僕はメゾの夫として、この世界で生きている。幸いメゾと「心が離れてしまう」ことはなく、ますます親密になっている、と思う。

　しかし我ながら、随分この地に馴染んだものだ。

　鮮やかな緑のジャングルを見回して思う。

　現代日本の記憶は消えていない。だが、何だか遠い昔に見た夢のように感じられる。そのうちすっかり忘れてしまうだろうし、それで構わないと思っている。僕はここに骨を埋めるつもりで、日々を過ごしているのだから。

　その日も草籠をちまちまと作っていると、ふらりとシュガが姿を現わした。

「もうじきだな、サトル」

「あ、はい」

「次の『花と蜂と肉の時』の頃には、生まれるよ」

　僕は頷く。メゾのお腹は新しい生命を宿して、だいぶ膨らんでいた。僕は父になるのだ。

　すぐそこの広場では、男性が赤ちゃんの相手をしている。あうあう、とわめく子供をあやしている。無言で彼らを眺めていると、シュガが微笑んだ。

「不安かい？　大丈夫だよ。子育ては、想像するほど大変じゃない。妻を早くに亡くして、メゾを一人で育てた私が言うんだ、間違いないさ」

「ええ……」

そんなに心配はしていなかった。周りを見ていればわかる。

基本的には赤ちゃんを裸でその辺に放り出しておけばいいのだ。おしっこもうんちも垂れ流しだが、すぐに小動物が食べていくから問題はない。目の届かないところに行かないようにだけ、気を付ければいい。

「すみません、また少しお乳をいただけませんか」

さっきの男性が、通りすがりの女性に頼んでいた。相手は快く胸を露わにし、赤ちゃんを抱き寄せる。もちろん実母ではないが、ここでは日常的な光景だ。

村人はみな、子供の面倒を見るのが好きだ。どうも、娯楽の一つとして見なされている節がある。少し大きくなった子に狩りや道具作りを教え込んだり、草花の見分け方を伝えたり、みんなが何かしらの形で子育てに協力してくれる。親の立場からすると、実にありがたい。

「これだけ周りの応援があるのなら、育てられると思います。心配なのは、メゾの体調ですかね……僕が勝手に気にしているだけですが」

「ん？　そういえばメゾはどこに行ったんだ」

「狩りに行きました」

シュガが唖然とする。

もちろん止めたのだ。だがメゾは抱えた下腹に「こっこ、大丈夫？」と話しかけた。そして一人で頷き、ぶんぶんと腕を振って見せてから「うん。行ける。こっこも、大丈夫、言ってる」と呟いた。そしてそのまま槍を手に出かけてしまった。

「相変わらずだな、あいつは」

メゾは変わらない。母親になろうが、村長になろうが、マイペースなままだろう。メゾは魚や猪を狩り、僕は籠を作って、これからも生きていく。生まれてくる「こっこ」も一緒だ。

ジャングルは変わらない。暖かくて、豊かで、大らかで。僕らをその深い懐に受け入れたまま、平和で何事もない毎日が続いていくはずだった。これからも、ずっと。

シュガと二人で、笑い合っていた時だった。

突然、地響きと共に地面が揺れた。

みるみるうちに揺れは強くなり、立っていられないほどになる。あたりの樹が激しく揺さぶられている。川に細かい波が立ち、泡が浮かんでいる。僕とシュガはよろめきながら、頭を抱えてその場に伏せた。広場にいた人たちが悲鳴を上げる中、小屋が次々に倒れ、崩れていく。

爆発のような音が空に轟いた。すぐそこで村人が、大声で泣きわめいている赤ちゃんを、しっかりと抱きしめている。

「燃えている……世界の果てが」

シュガが遠くを見て、茫然としていた。視線の先を追うと、森の遥か向こうで黒煙が上り、山の頂上にかかった雲がぎらぎらと赤く瞬いているのが見えた。あれはもしかして、火山活動か。

恐ろしくて足が動かなかった。鳥がやたらめったら飛び回り、動物たちが奇声を上げて逃げ惑う。みな、燃える山から少しでも遠くに行こうと必死のようだ。

メゾは。狩りに行っているメゾは、無事なのか？

不安を押し殺しながら僕は川の向こう、ジャングルの入り口を見つめた。いつもなら、あそこから狩り組は帰ってくるはずだ。

地響きはほどなくして収まった。

ジャングルは古い樹がかしいだ程度で、ぱっと見は変わらない。だが、漂う空気が違っていた。やけに静かだ。森が息をひそめている。

なんだか視界が悪い。僕は目を擦り、目の前を手で振り払う。それでもあたりはぼやけている。灰だ。細かな灰が、硫黄の臭いの中を舞っている。空は暗く澱み、黒く分厚い雲が出ている。村人たちの何人かは咳き込み、くしゃみをしていた。

「帰ってきたぞ！」

誰かの声で、僕は弾かれたように走り出した。メゾたちが、狩りに出ていたみんなが帰ってきたのだ。遠目に頭数を数える。一、二、三、四……六。良かった。一人も欠けていない。

駆け寄る僕を見て、メゾは一瞬微笑んだ。だがすぐに、深刻そうな顔で俯いた。

「森、様子がおかしい」

メゾたちに、みんなが質問を浴びせかける。誰よりも切迫した顔で聞いていたのは、シュガだった。

「一体、何が起きたんだ？」

「わからない。虫、たくさん死んでいる」

メゾたちはそれぞれに獲物を抱えていた。リスに鳥に猪、かなりの大猟だ。こんなにとれることはめったにない。にもかかわらず、誰も嬉しそうではない。一人の若い男が言った。

「自分から俺たちの前に飛び出して来るんです。まるで殺されたがってるみたいに。気絶して倒れたままの猪とか、何かに踏みつぶされた鳥なんかも見つかります。肉はとり放題ですが、少し……気味が悪いです」

「何だ、肉がとれることはとれるのか」

シュガがほっと胸をなでおろした。

「ならばこれは、私たちにとっていい『時』なのかもしれんな」

男たちの顔がほころんだ。

「そうなんですか？」

「たぶん、大丈夫だろう。少々驚いたがね」

「そういうことならさっそく、食事にしますか」

シュガを始め、村人たちはもう安心しきった顔で笑い合っている。僕には理解できなかった。そんなはずがないだろう。

「ちょっと、待ってください！」

僕は慌てて飛び出し、村人たちの間に割って入る。

「軽く考えすぎですよ。火山ですよ？　幸い、溶岩がこちらに向かってくるとか、そういうことはなさそうですが……これから何か、予想もつかない何かが起きるかもしれません。もっと用心した方がいいと思います」

「何かって、何が起きると言うんだ、サトル」

みんなはぽかんとしている。温度差に戸惑いながら、僕は必死に訴えた。

「これまで通りに獲物や、果物がとれるとは限りません。仮に僕らの周りで問題が起きなくても、どこかの土地で食料がなくなれば、凶暴な動物が移動してくるかもしれない。あるいは他のグループと、食べ物の奪い合いになるかもしれません。念のため備えをしましょう」

「備えって、何だ」

「肉がたくさんとれる今のうちに、食料を備蓄しておくとか」

「備蓄？」

みな、首をひねる。

そこから説明しなくてはならないのか。そういえばこの村に、保存食という概念はないようだった。いつでも新鮮な食材がたっぷりとれるから、誰も考えなかったのだろう。

「食べ物がなくなったときに備えて、取っておくんですよ。そのままじゃすぐ腐ってしまいますが、工夫すれば日持ちするんです。たとえばですよ、捌いた魚を干すだけでも長持ちします。干物です。肉も同じです、よく乾かしておけば、なかなか腐らない。塩があればより良いですね。干し肉って言います。虫やネズミに食べられないよう、容器にしまっておくべきですね。燻製っていうのもあったな。確か、煙で燻して乾燥させるんです」

このときばかりは、聞きかじった知識を必死にかき集め、まくしたてた。だから、村人たちの顔色が少しずつ変わっていくのに気づかなかった。

「それから気絶した獣がいるなら、食べずに柵で囲っておきましょうよ。僕らには食べられない硬い実や草を与えて、飼う。つまり食用の家畜です。いざという時には、食肉に
……」

そこまで言ったところで、足元に槍が突き刺さった。

何が起きたのかわからず顔を上げると、シュガが僕を睨みつけていた。顔が真っ赤になっている。

「サトル。お前を見損なったぞ」

「……え？」

「お前は『時』を何だと思っている。人が好き勝手にしていいものか。あまりにも傲慢な考えだ」

　シュガの表情には見覚えがあった。甲虫を可愛がるグリュムを叱った時と、同じだ。恐る恐るあたりを見回す。シュガほどではないにせよ、村人たちが僕に向ける視線は一様に冷たい。怒りを込めて睨みつけてくる者。恐怖に青ざめ、震えている者。いつも懐いてくれる子供たちですら、怯えて大人の背後に隠れていた。

　メゾも、困惑したように瞬きを繰り返している。

「いいえ、待ってください。違います、何も自然を弄ぼうと言うんじゃありません。ただ食べ物を無駄なく役立てて、なるべく飢えないように……」

「弄んでるだろうが！」

　罵声が飛んだ。

「何がネズミに食べられないように容器にしまう、だ。自分さえ良ければそれでいいのか。どうしてそんなことが平気で言える！」

「今はネズミまで心配する余裕はないでしょう。僕たちだけでも生き延びるための知恵です」

「知恵だと？　じゃあ何だ、サトルは自分が死んだあと、塩を塗されて、太陽の下で干されても構わないっていうのか？　大事な人が、そうだメゾが、そうされていたら、どう思うんだ！」

「そんなつもりは……」

　今度は別の人が僕に怒鳴った。

「しばらく柵の中で飼って、いざとなったら食べるだと？　えげつない発想だな。動物はお前に食われるために生きているのか？」

　まさか、これほど嫌悪感を持たれるとは思わなかった。

　長い時間をかけて馴染んできたはずだった。僕が作った籠を彼らは使い、彼らがとってきた肉を僕は食べた。分かち合い、分かり合えたと思っていた。だけど、甘かったようだ。

　みんなが僕を睨みつけている。大切な仲間でもあり、家族同然でもある、みんなが。

　それでも僕は顔を上げ、言い返さなくてはならない。

　みんなを死なせないために。そしてメゾと、メゾのお腹にいる子供のために。

「家畜は僕たちに食べられる代わりに、天敵から守られ、餌を得られ、場合によっては子孫も残していくわけですよ。長い目で見ればお互いに利益があるんです。これもまた、一つの『時』の重なり方だとは考えられませんか。僕が以前住んでいたところでは、当たり前のように行われていたことです」

　だが、火に油を注ぐだけだった。

「じゃあお前は飢えた時に自分の子供や、妻を食うのか。共存だと言って、笑って食うのか。本気で言っているなら、お前は人でなしだ」

一人の若い男性が、歯を食いしばり、目を潤ませながら言った。

「違います。そうじゃない、そうじゃないんだ……」

僕は膝から崩れ落ちた。そのまま声を震わせ、目を閉じて唸り続ける。どう説明したら分かって貰えるんだ。根本的に食い違っている。遠い。みんなが、とても遠く感じる。僕の言葉では、溝を埋められない。

項垂れる僕を、村人たちは殺気を帯びた目で睨んだが、殴ったり、暴力を振るいはしなかった。ただ、残念そうに立ち去って行くだけ。

やがて僕のそばには、メゾただ一人が残された。

「……サトル」

メゾは優しく囁き、肩を貸してくれた。

「メゾ。君は、僕に幻滅しないの」

少し考えてから、彼女は言う。

「びっくり、した。でもサトル悪い人、ちがう。理由あって言ってる、思う……」

ぽろぽろと涙が零れる。メゾの言葉だけが救いだった。

「ありがとう」

村を追放されて、別々に暮らすということか。僕は今、かつてのグリュムと同じ立場に追い込まれてしまったのだ。

「でもみんな、サトルの話、聞かない。サトル、意見を曲げないなら、別れるしかない」

「もし僕がシュガたちと別れるとしたら、メゾはどうするの」

「メゾは……」

今度はメゾが目を潤ませた。慌てて拭ってから、メゾはぼそぼそと言う。

「サトル、信じてる。サトルと一緒、行く。でも、みんな好き。みんな一緒、いい……みんなとサトル、一緒、いい」

震える声を聞いていると、僕も考えざるを得なかった。別れて暮らしたら、一番苦しむのはメゾだ。二つの考えの間で引き裂かれるメゾなのだ。

「わかった。ごめん、メゾ……」

一つ息を吸って、吐く。

「僕が間違ってた。もう言わないよ」

メゾは下唇を噛んだまま、こくんと頷いた。

僕はメゾと一緒にみんなに謝りに行き、先ほどの意見は撤回すると伝えて回った。みな、ほっとしたような顔で頷いていた。中でもシュガは、涙まじりに良かった、良かったと僕の肩を叩いてくれた。

「サトルなら過ちに気づいてくれると信じていたよ。本当に良かった。私も少し言い過ぎたと反省していたんだ。さあ、全て水に流そうじゃないか。一緒に食べて、飲んで、歌おう」

シュガが顎で示す先では、獲物が解体されている。次々に運ばれてくる串焼き。村人たちはいつもと同じように笑い合いながら、豪快に口に運んでいる。

僕とメゾも食事に加わった。

干し肉も、干し魚も作らない。気絶していた猪も、すでに肉の塊に成り果てていた。当然食べきれないが、村人たちは口に入るだけ詰め込み、時折村の隅で吐き戻して、また食べている。僕には狂乱の光景にしか見えなかった。

まだ火山灰があたりで舞い、硫黄臭い空気も流れている。瑞々（みずみず）しく命に溢れた肉の味を噛みしめながら、僕はこれから起きることを恐れ、怯えていた。


それから数日の間は、大猟が続いた。とれて、とれて、とれすぎるくらいだった。

だが、長くは続かなかった。

やがて猪も魚も猿も鳥も、ぱったりと姿を消してしまったのだ。あれだけ魚が溢れていた川は不気味に濁り、生き物の気配がない。ジャングルには動物の死体や、潰れた果物が転がり、虫がたかっている。饐（す）えた臭いがあちこちから漂ってきた。

やはり最悪の状況になってしまった。

村人たちは残飯や小虫などを食べてしのいでいたが、飢えは時間の問題である。

むろん、僕も手をこまねいていたわけではない。

みんなの目を盗んで食材を持ち帰り、こっそり干し肉作りを試みた。ばれなければ大丈夫だろう。メゾが見張り役をかって出てくれた。

だが、うまくいかなかった。

数日、雨が降り続いたのだ。スコールのように強烈な雨ではなかったが、だらだらといつまでも止まない、泥まじりのしつこい雨だった。

「こっちもだめか」

棒きれにぶら下げた肉片を見て僕はため息をつく。

「カビだらけで食えたものじゃない……」

緑と紫の奇妙な色に染まってしまった肉を、僕は鼻を摘まんで眺めた。

「サトル、サトル」

メゾが入り口の方から呼びかけている。誰か村人が来たか。干し肉に皮をかぶせて隠し、応じた。

「今行く」

出て行くと、シュガが立っていた。

「どうも、良い『時』は過ぎてしまったようだ。もっと食料のある場所へ移動しようと思ってるが、どう思うかね」

「はい、賛成です」

そう言ってから、おずおずと申し出る。

「変だとは思いませんか」

「何がだい？」

「こんな長雨、今までありませんでした。動物はいなくなるし、川の水も味が変わったようです。気温もここ数日、やけに低い。何か大きな変化が起きているのかもしれません」

「つまり、何が言いたいんだ」

「その……僕たちも、これまでとは違うやり方を試すべきではないでしょうか」

シュガが眉間に皺を寄せる。

「くどいぞ、サトル。その話に決着はついたはずだ。これ以上言うなら、出て行って貰う」

氷のように冷たい目だった。僕は奥歯を噛みしめる。

まだ、だめか。

「出発は明日だ。今度は三つ川を越えて、水の流れる方に行く。準備しておくように」

遠ざかっていくシュガの背をぼうっと見つめる。彼はまだ、追い詰められていないだけだ。限界が近づき、村人が苦しみ始めれば、きっと耳を傾けてくれるはず。人間、死んでしまっては元も子もないのだから。

僕はまだ、諦めてはいない。

苦しい放浪の旅が始まった。

新しい土地に辿り着いても、獲物がほとんどいないことに変わりはない。僕たちは何でも食べた。這い回っている虫や、木の芽、時には葉っぱや木の皮まで、とにかく口に入れられるものは何でも入れ、飲み込めるものは何でも飲む。そして、その地を諦めてまた別の土地を目指した。

時々猿や鳥に出くわすこともあったが、彼らに以前のような狩りは通用しない。餌が足りないせいだろう、向こうも殺気立っているのだ。僕たちは死に物狂いで戦い、僅(わず)かな肉を得た。肉は痩せていて硬く、まずかった。

驚いたのは、村人たちの意識にほとんど変化がなかったことである。彼らは飢えていても、食べ物を独り占めせず、必ず分け合うのだ。お腹の大きいメゾには、二人分だからと少し多めにくれることまでする。だから僕も、彼らを見限る気にはなれなかった。いつか説得は届くはずだ。互いに助け合い、何とか僕たちは暮らしを続けていた。

しかし少しずつ、確実に限界は近づいていた。

「シュガさん」

地面に座り込み、天を見上げているシュガに声をかける。振り返ったその目は落ちくぼんで、うつろな光を宿すばかり。頬はこけ、あばらが浮かび、痩せ細っている。

言いにくかったが、言うしかない。

「また村人が消えました。今度は三人、ヒムリの一家です」

「そうか……」

シュガは視線を落とす。そこにはつい昨日、熱病で命を落とした老女の身体が横たえられていた。

村人の数が減り続けている。普段なら治っていたはずの病気や怪我が治らず、そのまま死に至る者が増えた。栄養が足りないせいだろう。そして、村を離反する者も増えた。初めのうちは次に向かう土地を巡って議論になり、道を違える（たが）という形が多かったが、近頃は夜のうちにこっそり消えていく。

もう、お互いに言い争いをする気力が残っていないのだろう。

「次の土地に行くか……」

シュガは項垂れると、よろよろと立ち上がった。彼もかなり弱っている。しかし、未だに僕の意見を聞き入れてはくれない。

近頃は引っ越しも簡単だ。小屋を作らないからである。そんな体力の余裕はない。寝場所は地面に皮を敷き、葉っぱで屋根を作るくらいで、ほとんど野宿だ。引っ越しも皮だけを羽織って、身一つで歩いて行く。誰も荷物を担いだりはしない。服も、槍も、靴も、何もかもぼろぼろ。一日のほとんどは食料探しに費やすか、じっと休んでいるだけ。新しく道具をあつらえたりする力はなかった。

「さようなら、友よ」

シュガは横たわっている老女に頭を下げる。死体はその場に置き去りだ。埋めることもできない。

僕は集まってきた村人たちをざっと見回した。みな痩せこけ、目だけがぎょろぎょろと光っている。杖に寄りかかるようにして立つのが精一杯という人もいた。何とか周りに手を貸す余裕がありそうなのは、僕とメゾくらいである。だが、メゾのお腹はますます大きくなっていたから、僕は気が気でなかった。

「行こう。次は、二つ川を越えた土地だ……」

　村人たちが歩き出す。

　一時期は三十近かった頭数は、今や八にまで減っていた。


　どれくらい進んだだろうか。

「もう、歩けない」

　誰かがそう言って、崩れるようにその場に倒れた。それがきっかけになり、シュガも、他のみんなもへたりこんだ。誰もが腹を減らし、疲れやすくなっている。

　見渡す限り密林で、水場も見えない。こんなところでいつまでも休んでいるわけにはいかない。僕は立ち上がった。

「ここにいて下さい。少し、近くを探してきます。椰子の実かバナナでも、あるかもしれない」

　すまんな、と項垂れるシュガ。顔色が悪い。メゾが心配そうに父の様子をうかがっていた。そのメゾすらも、だいぶやつれてしまっている。膨らんだお腹ばかりがやけに目立つ。もうそろそろ臨月のはずだ。焦りばかりが募った。このままじゃ全滅だ。早く、何とかしなくては。

「メゾ、みんなの様子を見ててもらえるかな」

メゾが頷いたのを確認し、僕は歩き出した。時折背後を振り返り、木に印を刻みながら、方向を見失わないように注意しつつ進む。森の中では目印がないと簡単に迷ってしまう。はぐれたらおしまいだ。

美しかったジャングルは、不気味に様変わりしていた。火山灰が積もり、泥と混ざったぬかるみが続く。足元が粘ついて嫌な感触だ。あちこちに毒々しい色の茸(きのこ)がぎっしりと集まって生えている。しおれたり枯れたりしている樹があるかと思えば、見たことのない紫色の花が咲いていたりする。植生が少しずつ変わっているようだ。食べられそうな実は見つからない。時折、動物の骨が落ちていて、ぎょっとさせられる。

歩いているうちに、ふと違和感を覚えた。だんだんそれが強まるにつれて、胸の奥がざわつき始めた。

切り倒された樹がある。やけに薄い茂みがある。人の幅ほどの空間が、ずっと続く。やがてそこに、あるはずのないものが現われてくる。草木が存在しないことで、逆に存在できるもの。久しく忘れていた概念。

道だ。

「そんな……」

道なんて、しばらく見ていなかった。狩りに出る時も、引っ越す時も、メゾたちは道を使わない。作るという発想すらない。歩きながら藪(やぶ)を切り開くくらいはするが、次に通る時にはたいてい、すっかり植物たちに埋められているのだ。

そんな生活に慣れていた僕にとって、道は異常な光景でしかなかった。大都会の中心に忽然と原生林があるような、奇怪さ。魅入られたように道に沿って進んでいくと、さらに僕を驚かせる光景が見えてきた。

道の先で、ジャングルが唐突に途切れ、黄金の絨毯が敷き詰められている。風が吹く度、絨毯が揺れる。さわさわと複雑なウェーブを描いていく。

その恐ろしく人工的な光景に、打ちのめされるような衝撃を覚えた。心臓が早鐘のように鳴り、わけもわからず涙が溢れ出てくる。美しかった。そして懐かしかった。そう感じる自分が気味悪くもあった。

僕はこの絨毯の名前を知っている。「田」だ。

冷静になってよく見れば、形は全く洗練されていない。泥で不器用に作った土手の内側に、水が張られているだけ。生えている稲も、真っ直ぐにしゅっと立ってはおらず、雑草のようにてんでんばらばらの方向に伸びている。それでも稲穂は頭（こうべ）を垂れ、収穫の時を待って風に揺れていた。

目眩（めまい）がした。

田の周りに張り巡らされた柵に、思わず寄りかかる。ジャングルでは様々な種類の植物が、ごっちゃに生えているのが当たり前。川の魚も、山の獣も、何でもそうだ。一種類の生き物しか存在しない空間は、畏怖（いふ）の念すら感じさせた。

「だ、誰だ？　そ、そこにいるの」

声に顔を上げると、田の向こう側に見張り小屋らしき建物があった。そこから出てきた男が槍を手に梯子を下り、こちらに向かって歩いてくる。初めは警戒した表情だったが、僕を間近で見ると目を丸くした。

「お、お前は……」

僕にも、相手が誰なのかわかった。痩せた顔にぎょろっとした魚みたいな目、半開きの口。背がだいぶ伸び、よく日焼けしているが、甲虫に花を結びつけていた頃から印象は変わっていない。

「グリュムか」

「サ、サトルだな」

グリュムは男を二人、引き連れていた。そのうちの一人が僕に槍を突きつける。

「何者だ。お前も、俺たちの食料を盗みに来たのか？」

「僕は……」

グリュムが、槍を持った男を制止する。

「だ、大丈夫、だ。こ、こいつは、前に一緒の村にいた。こいつは、大丈夫なやつ、だ」

僕は聞いた。

「グリュム、この田んぼは君が作ったの」

「田んぼ？」

「僕が前にいた世界では、そういう名前で呼ぶんだ」

「ふ、不思議なこと、言う。ここは、おれの友達の『水飲み場』だ。この草は、水が好きなんだ。い、いくらあげても、飲むから、水の中に沈めてやった。草、喜んで、お、美味しい実をたくさん、おれたちにくれるようになった」

　ああ、と嘆息した。

　彼は農業を発明したのだ。どんな集団からも、時々は彼のような変わり者が現われる。そして天変地異の中でも、生き抜いていく。

　グリュムは欠けた前歯を覗かせて、にんまりと笑った。

「う、飢えてるみたいだな。む、無理もないな、最近はまるで動物がいないから。み、見ろ、おれのところは、こんなに草が育ってる。食い物はいっぱいある。もう、ひ、引っ越しする必要もないんだ」

　柵の向こうからは、グリュムの仲間たちがこちらの様子を窺っていた。男もいれば、女もいる。老人も、赤ちゃんもいた。中にはシュガの村を逃げ出した者の姿もあった。全部で五十人前後はいるだろうか。グリュムはそのリーダーらしい。

「シュガたちは、げ、元気か？　飢えてるなら、わ、分けてやってもいいぞ。食い物」

「本当かい」

　思わず身を乗り出した僕の前で、グリュムは口角を上げた。

「だ、だけどな、条件がある。おれの、友達になってくれ。もちろん、おれの仲間や、草とも友達になってくれ」

「どういうことだい」

「と、友達に、贈り物をしてほしい。そうだな、草の『水飲み場』を増やしたいんだ。ジャングルを切り開いて、作って欲しい。そ、それから、草をいじめる害虫を退治して、雑草を抜いておくれ」

どきりとした。

シュガたちは決して、害虫や雑草という言葉は使わなかった。全ては対等であり、今は手を取り合えない相手でも、それは「時」が来ていないだけだと解釈していた。だがグリュムは、敵と味方とをはっきり分けてしまっている。もうジャングルは、共に生きる相手ではない。一部の役立つ生き物だけが、「友達」なのだ。

横から男が、高圧的に付け足した。

「お前たちが開いた『水飲み場』なら、自分で草を植えてもいいぞ。やり方は教えてやる。だけど、この方法はグリュム様が見つけたものだ。代わりに、実った種の半分を、俺たちに渡せよな」

ああ……。

「ば、馬鹿。半分は、多すぎるだろ。は、半分の半分だ。どうだサトル、半分の半分。わ、悪い話じゃないだろう。友達としての贈り物、それくらい、いるだろう、なあ」

僕は彼らの言葉を聞きながら、歯を食いしばっていた。

そうか、こうして始まったのか。

早く発明した者が偉く、早く土地を得た者が強く、出遅れた者、弱い者は強い者のために働くしかない世界。

人と人との競争社会。

たくさん取れた種は備蓄され、財産となる。グリュムたちにはもう「私物」という概念があるのだ。財産は狙われるから、守らなくてはならない。すでに柵や見張り小屋があるように、これからは人間同士で戦うための軍備が必要になる。軍を統率する者は王と呼ばれ、王が統べる範囲が国と呼ばれるようになる。そうして新たな概念が次々に生まれ、システムが洗練されていく。

メゾたちを純粋で、呑気で、幸福な民ならしめていたものが失われてしまう。その行き着く果ては、ブラック企業で上司に怒鳴られ、僅かな賃金のために満員電車に乗る、古狩サトルの世界だ。飢える恐れはなく、便利で効率的なのに、なぜか窮屈で疲弊する社会。今さらジャングルの生活に憧れても、決して戻れない……。

グリュムが言う。

「サ、サトル。おれはお前のこと、す、好きだ。と、特別待遇で、仲間に入れてやる」

「何だって？」

「サトル、あれ、作ってたろ。さ、最近、やっと意味、わかった」

彼が指さす先を見る。川のすぐそばに、椰子の木が一本生えていた。その幹の傷には見覚えがある。

「まさか。僕が刻んでいた、日数……？」

頷くグリュム。

「あの村で、サトルだけ、少し違った。お、おれと、同類の匂いがした。わ、わかるんだ。お前と一緒なら、村はもっと発展する。こ、こいよ。おれたちの方に」

田植えから収穫までのリズムが、日を刻むという考え方に彼らを導いたのかもしれない。

あの木があるのなら、ここはいつか村があった場所なのか。

「まさか、あちこち引っ越しているうちに、戻ってきたなんて……」

あたりを見回す。

昔はジャングルの中に広場があって、メゾや村人たちの小屋が建っていたはずだ。魚をとって、猪をとって、果物を食べて、草籠を作った。僕とメゾが、一緒に平和な時間を過ごしていた。

今は見渡す限り、柵に囲まれた田が広がっている。向こうにはグリュムたちのものだろう、大きくて頑丈そうな土作りの家が見える。引っ越さずに同じ場所に住み続けるから、簡易的な小屋ではなく、ああしたものを作るのだろう。あたりには見張り小屋と、おそらく貯蔵庫だろう二階建ての建物がいくつか。

ずいぶん変わってしまった。

「ど、どうする？　サトル」

奥歯を食いしばった。

競争社会から逃げてきたはずなのに。結局、その力を借りるしかないのか。

グリュムの前で、僕は覚悟を決めて頷く。

「提案をありがとう。シュガたちと相談してくるから、少し時間が欲しい。それから、頼みがあるんだ……」

声を震わせる僕を、グリュムとその仲間たちは腕組みして、勝ち誇ったように見下ろしていた。


シュガたちの元に戻り、メゾと少しだけ二人で話してから、僕はみんなにグリュムについて伝えた。誰もが目の色を変えた。

証拠に、とグリュムから渡された数粒の米を見せる。シュガが注意深く掌の上で調べた。

「この種は知ってるぞ。開けた泥溜まりなんかによく生えている。殻を取るのは大変だし、あまりたくさん実らない。味も淡泊で、それほどうまくはない。とても普段の食事になるもんじゃないが……ふむ、軽く炙ってあるのか」

割れた殻を指先でつつくと、中から実が零れ出す。原始的な種なのか、その米は細長く、形は不揃いで、赤黒い色をしていた。一人の男がつまんで食べた。

「食えるな……これが、いっぱいとれるだと？」

僕は頷いた。

「グリュムたちは毎日、両手に山盛りいっぱいくらいは食べているそうです」

　みなが息を呑む。

「この小さな実を、そんなにたくさん？」

「ええ。量もさることながら、穀物は保存が楽なんです。つまり狩りや魚とりも続けながら、余った分を貯めておけば、こうしていざというときに食いつなげる。養える人数はぐっと増えるでしょうし……物々交換にも使えます。それからこの植物、収穫後の茎を乾かして、建材や燃料にも使っているそうです」

　どれだけ画期的なことだったかは、歴史が証明している。農業を手に入れ、食糧生産を安定させた人類は、その後一気に文明を発展させていった。

　しかし彼らが、それを受け入れるだろうか。

「どうでしょう。僕たちはもう限界です。ここで、彼らのやり方に従ってみては……」

　最後まで言う間もなく、シュガが僕の肩に手をぽんと置いた。

「よくやったぞ、サトル。よく見つけてきてくれた」

　顔色は青く、髪の毛は抜け落ち、痩せこけて骨と皮ばかりの姿になっている。頭蓋骨がほんの僅かな薄膜だけつけて話しているように見えた。いくつか歯の抜けた口でにっこり、笑う。

「あとは簡単だ。グリュムたちを今すぐ、殺そう」

　やはり、そうなってしまうのか。

メゾと僕を除いた村人たちが、一斉に頷く。みな、手にはぼろぼろの槍を持ち、傷んだ皮を身につけ、目だけが殺気でぎらぎら光っていた。まるで幽鬼の軍隊だ。

男も女も、口々に言っては笑い合っている。

「力尽きる前にわかって、本当に良かったですね」

「まったくだ。これほどの天変地異が起きたのは、何か原因があると思っていたんだ。しかし、グリュムのせいだったとはな」

「草に水を大量に飲ませて、種をたくさん作らせる？　そのために森を壊して、他の草を殺して？　なんと野蛮な行いだ。『時』が乱れ、世界の形が崩れてしまうのも無理はない」

「まだ間に合う。今すぐグリュムを始末して、その血を捧げよう。そうすればきっと、全てが元に戻る。空も水も澄み、魚が帰ってくる。猪が帰ってくる。蜂が帰ってくる。私たちの『花と蜂と肉の時』が、帰ってくる……」

中には嬉しさのあまり涙ぐんでいる者もいた。

殺そう、殺そう、グリュムを殺そう。瞬く間に村人たちの意見は一致した。

シュガとグリュム、どちらが野蛮なのか僕にはわからない。もしかしたら、どちらも崇高で、どちらも野蛮なのかもしれない。それでもシュガたちの思いを否定する気にはなれなかった。彼らには、彼らのままで居て欲しかった。

胸の奥がきりきりと痛む。

「槍を掲げろ！」

シュガが号令をかける。おう、と声が揃う。

「三隊に分かれて囲み、殲滅するぞ。私が先頭に立つ。誰が倒れようと、決して立ち止まるな」

殺気立つ彼らを前に、僕は何も言えない。勝ち目はゼロと言っていいだろう。飢えてふらふらの村人たちが、普段から腹いっぱい食べている何倍もの数の敵にかなうわけがない。そもそも戦争への心構えが全く違う。グリュムたちは襲撃に備えて、柵や見張り小屋まで作っているのだ。

悲壮な進軍が始まった。僕はその一番後ろからついていく。

黄金の絨毯に向かって突き進む骸骨たちの背を、僕は涙なくして見られなかった。彼らはこれから全員、死ぬ。血祭りにされる。

僕は、彼らの生き方が好きだった。その生き方が、その生き方ゆえに磨り潰されていくなんて、考えもしなかった。

突撃が始まる寸前に、僕は濡れた瞼を拭って眼を閉じ、心の中で呟いた。

これまでありがとうございました、みなさん。そしてごめんなさい。卑怯な僕を許してほしいとは言いません。さようなら。

そして、そっと隊列から離れて走り出した。

川の下流に向かって走る。グリュムに言われた通り、小さな崖の下に泉があった。周りには花がいくつか咲いていて、かすかに虹が架かっている。どこか秘境を思わせる光景だった。

「メゾ！」

泉のほとりに愛する女性がうずくまっているのを見つけ、僕は駆け寄った。

「言った通りにしてくれて、ありがとう」

メゾはゆっくりとこちらを振り返る。その目は充血していた。シュガたちが説得に応じそうになかったら、そっと抜け出してここで落ち合おうと、言い含めておいたのだ。どんな思いで彼女が父の元を離れたかを思うと、心苦しい。

僕は隣にそっと寄り添い、その肩に手を回した。すっかり痩せて、骨張った身体。それでもメゾは自分のお腹を大切そうに抱いている。

やがて、遠くから絶叫が聞こえてきた。途切れ途切れに、いくつもいくつも。戦いが始まったのだろう。いや、戦いというよりは一方的な殺戮か。

「ごめん」

僕は絞り出すように言った。

「……他に、方法がなかったんだ。恨んでくれて構わない」

こく、とメゾが頷く。

「でも安心して。仮に戦いになっても、僕とメゾだけは村に受け入れてもらえるよう、グリュムに話をつけてある。彼は僕を仲間に引き込みたがってるから」

つまり僕は、自分たちだけが生き残るために、メゾに父と仲間を捨てさせたのだ。

メゾが顔を上げた。弱り切ったその表情。澄み切った、黒くて丸い瞳が僕を探っている。

「サトル、何を考えているか、わからない」

震える声。

「でもサトル、いい人。変わらない。だからメゾ、言うこと聞いた。サトル、何か考えある、思ったから」

「メゾ……」

「知りたいこと、ある」

メゾの足は、水に浸っている。ぼそぼそと彼女が話すたび、泉には波紋が揺れた。

「そこまでする、どうして？」

「どうして、って……」

思わぬ質問に一瞬言いよどんだが、すぐに答える。

「生きるために決まってるじゃないか。僕はメゾとも、これから生まれてくる赤ちゃんとも、生きていきたいんだ。そのためには望みがある限りなんだってする。メゾもそうだろう？」

メゾは黙って僕を見つめている。

「遠からず、全員飢え死にだった。もちろん僕だって、みんなを助けたかったよ。でも無理だった。何度も説得したけど、彼らの考えを変えられなかった。だから僕は、せめて手の届く範囲だけでも……守りたかったんだ」

そっと、メゾを抱き寄せる。彼女は何も言ってくれない。沈黙が恐ろしくて、僕は話し続けた。

「今は緊急事態だよ。一時的にでもいい、グリュムの力を借りて生きなきゃ。もう、僕たちは自分一人のための命じゃないんだから」

メゾのお腹にそっと手を当てた。温かく張りのある皮の向こう側には確かに新しい命が、守らねばならない未来が、宿っている。

「……メゾ？」

メゾはすん、と洟を啜った。そしてそっと涙を拭う。

長い沈黙が続いた。メゾは泉に架かった虹を眺めながら、瞬きを繰り返していた。やがて躊躇いながら、話し始めた。

「メゾ、待てばいい、思う。ずっと、そう思ってた」

「待つって？　一体、何を」

「お腹が減ったら、川が、魚連れてきてくれる。果物、どこからか来てくれる。猪、遊びに来てくれる。メゾ、小さい頃からずっとそうだった……」

メゾは顔を上げた。純粋そのものの顔で、弱々しく笑う。

「もうすぐ、川、魚戻ってくる。果物、やってくる。猪、来てくれる。きっと。少し遅れてるだけ、待てば、きっと」

「そ、そんな……」

　火山が吠え声を上げてから、もう数ヶ月は過ぎただろう。その間、世界はメゾを裏切り続けてきた。ジャングルの植生は変わり、動物の死体が転がっている。この激変は数年、いや下手をすれば何十年、何百年も続くかもしれない。だがメゾの世界への信頼は、そんなものでは揺らがないのだ。

「世界、今は大変な時。でも世界、悪いもの、違う。今は余裕がないだけ。治ったらきっと、食べ物分けてくれる。世界、本当は、優しい」

　火山灰まじりの地面をそっと撫でて、メゾは言う。

「だけど。待っている間に、僕たちが死んでしまう！」

「サトル。死ぬ、怖くないよ。怖いのは、一人になること」

　メゾがそっと僕の手を握る。柔らかくて、滑らかな肌。

「グリュムのやり方、いつか一人になってしまう。一人で生きて、一人で死ぬ。メゾ、その方が怖い」

　あたりを見回してから、嬉しそうに言う。

「ここで死ねば、メゾたちは土になって、樹になる。サトルと、こっこと、みんなで実になる。仲良し、ずっと一緒……」

「僕にはわからないよ。万策尽きたならまだしも、できることが残っているじゃないか。グリュムのところには食料があるんだ。それなのに諦めて待つって言うの？」

「メゾたちだけじゃない。魚も、樹も、猪も、みんなが今、大変な時。世界、大変な時。メゾたちも自分、分け合う『時』、来る」

自分を分け合うだって？　世界のために？

彼女の目は、澄み切っていた。

野生動物が死ぬ時、そういう感覚になるのだろうか。メゾにとっては、自分の命すら私物ではないのだ。草籠や、狩りの獲物と同じ分け合うもの、何かの都合でたまたまここにあるだけのもの、いつか誰かの手に渡り、受け継がれていくもの。

ジャングルの全てはメゾの物。同時にメゾも、ジャングルの所有物なのである。

全ては対等だから。

「メゾも、魚も、樹も、猪も、みんなで一つ。世界死ぬ時、みんな死ぬ。世界生きる限り、メゾたち、形を変えて生き続ける。だから自分が死ぬ、怖くないんだよ……サトル」

僕は頭を抱えた。触れあえるほど近くにいるのに、こんなにも遠いなんて。

「無理だよ。僕にはそこまで悟れない。そんな達観で、最愛の人と、自分の子まで巻き添えにするなんて、とても」

「大丈夫。サトル」

メゾが憔悴(しょうすい)した目で瞬いた。

「一緒、いこ。大丈夫。メゾを、信じて」

おそるおそる、両手を重ねる。乾いて、弱々しく、それでも温かい掌。

「メゾ……」

その目はうつろだった。焦点がどこにも合っていない。だけどメゾは微笑んでいた。僕を安心させるように、そっと抱きしめてくれる。

「あ……サトル。目を閉じて、耳、澄ませて」

僕は言う通りにする。メゾの体温を感じながら、息を殺してあたりの気配をうかがう。

「蜂の羽音、遠くから、聞こえてくる」

水の音がする。吹き抜けていく風を感じる。きっと花が、優しく揺れている。

「もうすぐ、やってくる。『花と蜂と肉の時』来る」

メゾの声はかすれ、少しずつ小さくなっていく。

「そうしたら……またお魚、とってあげるね。美味しい、お魚……」

少しずつメゾの体から力が抜けていく。心臓の音が、弱まっていく。メゾの熱が失われていく。呼吸がゆっくり、浅くなっていく。

「メゾ」

僕は力一杯、彼女を抱きしめた。

「だめだ。聞こえないよ。蜂の音は、僕には聞こえない」

僕は涙で顔がぐしゃぐしゃになっていた。

「お願いだ。メゾ、生きてくれ。お願いだ！」

メゾは目を閉じたまま小さく頷き、微笑んだ。

そして、その体ががくんと重くなった。

「メゾ……」

僕の腕の中で、最愛の人は動かなくなった。息が止まり、体の力が抜け、その手は地面に投げ出された。

何か言おうとしても、声が出ない。僕の喉の奥が渇き、胃が萎（しぼ）んでいって……微かに、音を鳴らした。ああ。こんな時でも、僕はお腹が減っている。生きたい、生きたいと、細胞が叫んでいる。

僕とメゾとの「時」は、分かたれた。

何がメゾと一緒に生きる、だ。何が競争社会から逃げ出したい、だ。結局最後まで、メゾのように生き、メゾのように死ぬ覚悟を持てなかった。僕はなんて弱虫なんだ。

ぽつ、と涙がメゾの頬に落ちた。しずくが滴り、肌を伝って流れていく。そっと手で拭う。

一緒に生きてくれて本当にありがとう、メゾ。

だけど君の隣にいる資格は、僕にはないみたいだ。

「帰りたい」

ぼそりと、呟いた。

メゾをその場に横たえ、体にそっと葉っぱをかけてやってから、僕は歩き出した。涙でぼやける視界の中、よろめきながら、あの椰子の木まで歩いて行った。そっと掌で根元を掘り返すと、ほどなくして硬いものが手に触れた。転生の指輪。震える指にそっと嵌め、掌で押さえながら、赤子のようにうずくまった。

「ビルカ。元の世界に帰してよ。僕はここに、来るべきじゃなかった――」

泣きじゃくりながら、僕は念じた。

指輪が虹色に輝き、視界が明滅した。

†

何もかもが、夢のようだった。

ジャングルは跡形もなく消え去り、僕はスーツを着て、指に転生の指輪を嵌めたまま、あの季節外れの浜辺に座り込んでいた。波の音や、自動車が通り過ぎていく音がやけに懐かしくて、それでもひどく物悲しくて、小さな涙がぽろりと一滴だけこぼれた。

もう、メゾはどこにもいない。

「お帰り」

目の前でビルカがあくびをしている。彼は砂浜で、砂の城を作っていた。

「今回の転生は、いまいちだったか？」

城の屋根を三角に尖らせながら、ビルカが聞いた。僕は首を横に振る。

「いえ……いいところでした。まるで、楽園のような場所でした」

「その楽園を捨てて、帰ってきたのか」

「はい」

ビルカは淡々と続ける。

「ふうん……で、どうする。次行くか？　念のためもう一度言うが、何度転生を繰り返そうが俺は構わない。心ゆくまで、望みの人生を探していいぞ」

「ちょっと……待って下さい。何だかわからなくなってしまいました」

「あ？」

「幸せな人生って何なのか、どう転生したら、幸せになれるのか」

ふむ、とビルカは立ち上がる。大きな波が押し寄せてきた。波は砂の城に襲いかかり、ゆっくりと溶かして大海に引き込んでいく。

「どうやら、しばらく頭の整理が必要みたいだな」

「はい。だめでしょうか」

「好きにすればいい。だけどお前、明日からどう生きていくつもりだ？　会社とやらには、もう戻れないだろう」

「それは……」

僕は電源を切ったままのスマートフォンを見つめた。海水と砂に塗れている。

少しなら貯金はあった。会社をクビになっても、しばらくは大丈夫だ。だけどその先はどうしよう。仕事の当てはない。新しい仕事を始めるような気にもならない。

「少し、考えます」

ビルカは黙って頷いた。

ランプの魔神を海に捨てた、前の主の気持ちが、少し分かるような気がした。転生とは、そう簡単なものじゃないらしい。だけど、いまさら後には引き返せない。

僕は立ち上がり、服の上からお腹を撫でた。空腹だった。

「ご飯でも行きましょうか」

「俺は食事をする必要はない。お前が食っているところを見物してやろう」

「ちょっと食べづらそうですね……」

僕は砂の中に落ちていたランプを拾い上げると、鞄にしまい込む。そして海に背を向け、とぼとぼと歩き出した。

――今回の転生：紀元前約八千年、インドネシア、ジャワ島

第二章　人が龍を滅ぼすとき

僕が無職になって、二週間が過ぎた。

初めのうちは解放感もあったが、減る一方の貯金に、だんだんと焦りも感じてくる。昼まで寝て、何もせず過ごし、適当に何か食べて寝るだけの生活にも、わりとすぐに飽きてしまった。

今日も起きると、すでに十二時半。万年床から起き上がってアパートの中を見回す。積み上げられた本、溜まったペットボトルや空き缶、衣装ケースに突っ込まれた衣類。汚い室内だ。会社員の頃は、時間がないから整理できないのだと思っていたけれど、何のことはない。ただ自分がだらしないだけだった。

「起きたか」

ビルカが呆れたような顔でこちらを見る。

「あ……おはようございます。今日はずいぶん濃いんですね」

ビルカが透けておらず、向こう側の壁が見えない。本物の人間がそこにいるようだ。

「ある程度濃くしないと、石が持てないからな」

「濃さ、調節できるものだったんですか」

「当たり前だろ」

見ると、茶碗やコップが並べられている。ビルカが手を動かすと、からからと軽い音がして、茶碗の中に石が転がった。

「何してるんです、それ」

「マンカラを知らないのか。暇つぶしにはうってつけの遊びだぞ」

「へえ、二人でも遊べるんですか」

「そもそも二人用のゲームだ。一人で二人分動かすのは、最悪につまらない」

「ルール教えてくださいよ」

「お前に、か……」

ビルカは涼しげな目でしばらく僕を見つめると、ぷいとそっぽを向いた。

「やめた」

「どうしてですか」

「お前とやってもつまらん。だいたい、ゲームなぞに興じていられる立場か」

反論できない。

あれから僕は、何度か転生を考えた。ビルカに転生先を探してもらいもした。だが、どうしても実行に移せないのだ。メゾの笑顔や思い出、そして腕の中で冷たくなった体の重みを思い出すと、反射的に頭を抱え、動けなくなってしまう。

「うじうじしてないで、さっさと次に行けばいいと思うが」

ビルカに睨まれる。

「無理なものは無理なんです」

「だが、いつまでもそうしているわけにはいかないぞ」

「わかってますけど……」

ため息をつく僕の目の前に、ビルカが上着を突きつけてきた。

「せめて外に出たらどうだ。俺まで気がめいってくる」

「何の用事もないのに、ですか？」

「用がないなら作れ」

ビルカの剣幕に、僕はやむなく上着を受け取り、羽織った。


店員の女性が、ブースまで箱を持ってきてくれた。

「お待たせしました。設定のやり方などは……」

「あ、自分でできます」

真新しいスマートフォンを握りしめて、お店を出る。海水と砂に晒された前の端末は故障してしまい、あれから使えなくなっていた。痛い出費だが、仕方がない。

「それが『用事』か？」

入った喫茶店で、ビルカはため息をついていた。

「やっぱり現代社会では、ないと何かと不便ですから。それに転生先を考えるためにも、まずは情報収集が必要ですし」

　僕は端末の設定をし、アプリなどを入れていく。

「まあ、好きにすればいいがな」

　ビルカはちゅう、とストローを吸った。十分に「濃い」時なら飲み食いもできるらしい。何でも好きな物をご馳走すると言ったら、オレンジジュースを選んだ。柑橘類が好物だという。

　何やらあたりがざわついている。「モデルさんかな」「俳優じゃないの」などと聞こえてくる。女子学生が、熱い目で僕たちの方を見つめている。

「ちょっと目立ってますね……」

　ビルカのせいだ。

「何だと、俺は言われたとおりにしているぞ」

　ターバンや、ペルシア風の服はあまりにも異様なので、僕のスーツとワイシャツを着てもらっていた。しかし異国風で端整な顔、やたら長い手足などはこの国では浮いている。

「早めに飲んで出ましょうか」

「なぜだ。ゆっくり味わいたい」

「注目を浴びてるんですよ。今からでも透けた姿になれないんですか」

「そんなにすぐ、濃くなったり薄くなったりできるか！」

　仕組みがよくわからない。今後のために、どこかできちんとビルカの生態について聞いておくべきかもしれない。

と、その時スマートフォンが震えた。メッセージが届いている。

「あれ。誰だろう」

会社退職の手続きは済ませている。実家には何も伝えていない。連絡してくる友達に心当たりはない……はずだったが、一人だけいた。シンプルな文面に、思わず噴き出してしまう。

「サトル、暇だったらゲームしねえ?」

隆太(りゅうた)のやつ、高校の頃と全然変わっていない。

†

四角い筐体(きょうたい)から、しゅっとディスクが飛び出した。虹色の表面に自分の姿が映る。本原(もとはら)隆太、二十四歳。丸く膨れた顔、くりくりとした大きな目、ぽってりとした唇。デブといえばデブだが、俺は自分が割と好きだ。愛嬌のある、可愛らしい顔だと思っている。しかし髪が伸びたな。ずいぶん切りに行ってないもんな。

表面に指紋がつかないよう、俺は慎重にディスクを掴んでケースにしまった。次はどのゲームをやろうかな。壁一面、棚にずらりと並んだソフトのパッケージを眺めて、ため息をついた。

「どれも飽きちゃったな。こんなにあるのになあ」

できればこれには頼りたくなかったが。

一つを取りだして、ディスクをゲーム機に入れる。主人公を操作して、自分の何倍も大きいドラゴンをやっつけるゲームだ。プレイ時間はゆうに千時間を超えていて、今のところ人生で一番のめり込んだソフトと言っていい。

「頼むぞ……」

おそるおそるコントローラーを握り、プレイを始める。操作方法は指が覚えていた。画面の中で大剣を握った主人公が、ドラゴンの炎を紙一重でかわしながら攻撃を叩き込んでいく。

「ああ……」

俺はため息をついた。恐れていたことが起きたようだ。

つまらない。

かつてはリアルに感じた敵の動きも、映像も、やけにチープだ。遊ぶのが苦痛で、結局十分もプレイせずに電源を切ってしまった。

「ついにこいつでも満足できなくなったか。これからどうやって生きてきゃいいんだよ」

ソファに体を預けたその時、階下で物音がした。サトルの奴が来たかな。階段を上がりながら、母親と喋っているようだ。

「本当に立派になったねえ、古狩君は。外国の友達なんか連れて、色んなところとお付き合いがあるんでしょう。すっかりいっぱしの社会人だ。うちの隆太にも見習って欲しいよ」

「いえ……そんな」

「今日、会社はお休み？」

「えっと、はい。そんなとこです」

「きちんと有休が取れる会社にお勤めで、羨ましいわあ」

相変わらず母親は好き勝手に喋っている。俺は立ち上がり、部屋の扉を開いた。

「おっす、サトル」

「あ……よう。隆太」

サトルは高校の頃よりも少し痩せたようだ。後ろには背の高い中東風の男が立っている。

「あ、紹介するよ。こいつはビルカ。無愛想だけど悪い人じゃないから。最近ちょっと縁あって、よく一緒にいるんだ」

「へえ」

友達を連れてくるとは聞いていたけれど、予想と違ったな。

「まさか、恋人？」

「違うよ！」

「だよな。ま、入れよ」

俺は二人を部屋に入れ、母親からお茶が載ったお盆を受け取る。その時、ちらりと室内を覗かれてしまった。さっそく喚（わめ）き出す。

「ちょっと隆ちゃん、部屋のゴミは毎日出してって言ってるでしょう。ペットボトルも、こんなに！　今日、資源ゴミだったのに」

「来週出せばいいじゃない」

「そうやって何でも後回しにするんだから。古狩君はとっくに働いてるのに、あなたはいつまでも部屋にこもりっきりで……」

「うんうん、近いうちにね」

切りがない。俺は、さっと背を向けて扉を閉めた。諦めたようにため息をつくのが聞こえる。

床にお盆を置いてから、俺はもう一度扉を開けた。

「母さーん。ポテチとケーキと海苔せんべい、追加でもらえる？　ほら、みんなで食べるからさ」

階段を下りていく母親に大声で告げ、返事を聞く前に閉めた。

二人をソファに座らせてから、散らばったゲーム機や漫画本を寄せて場所を空け、俺は床に腰を下ろした。

「悪いね、うちの親うるさくって」

お菓子をすすめつつ、俺もショートケーキを口に運ぶ。がぶりと一口で半分ほど平らげて、頬についたクリームを指で拭った。サトルは部屋の中を見回している。

「いや……しかし隆太、相変わらず働いてないんだな。まさか高校卒業からずっとか？」

「だって働く必要ないもん。俺知ってんだ、まだまだうち、貯金あるの。百万とか二百万とかじゃないぜ、億だぜ。ケーキだって冷蔵庫に常備されてんだ。そんな家、普通じゃないよ。なんで親は未だに働いてるのか、よくわかんない」

「隆太の父親って、社長だろ？　後を継いで欲しいんじゃないの」

「それだよ、それ。一人息子だからって、どうして親父と同じ仕事しなきゃならないの。別に金がなきゃ働いたっていいんだけど、どうせなら面白い仕事、したいじゃん」

俺はケーキの残り半分を口に放り込んでから、フォークの先で壁を指した。そこには親父の本棚がある。土木工学や設計の教科書だとか、綺麗に整理されたファイルなんかが並んでいる。

「建設会社だっけ」

サトルが立ち上がり、本棚を覗き込んだ。

「この写真なんか、仲良さそうなのに」

言われて、埃をかぶった写真立てに目をやった。コンクリートを打設中のダム工事現場、オレンジ色のクレーンの前。ヘルメットをかぶった俺が、親父に肩車されてピースをしている。

「そりゃ子供の頃はな。重機とか工事とか、派手で憧れたよ。でも実際にやることは地味じゃん。コンクリートの材料まぜまぜして、ちょっとずつ隙間埋めてくとか。ちまちま強度の計算するとか。つまんないよ。だから俺、後継ぎを諦めてくれるまでは意地でも働かない、ストライキ中なわけ」

なんじゃそりゃ、と笑うサトル。ビルカの方は、くすりともしない。海苔せんべいをひっくり返しながら、じろじろ眺めている。変なやつ。

「ここから先はゲームの棚になってるのが面白いな」

「うん。親父の書斎、もう少しで完全乗っ取り成功」

「ひどい」

「どうせ滅多に帰ってこないからいいんだよ……さ、遊ぶか」

高校生の頃、休日に集まった時のように、サトルがコントローラーを握る。俺はゲーム機をセッティングして、電源を入れた。


しばらくだらだらと、色々なゲームソフトで遊び続けた。

「何かさ……」

「ん？」

画面を見つめるサトルの顔には、カラフルな光が反射している。

「つまんないよな。どれやっても」

俺のぼやきに、サトルが苦笑した。

「おい、負けそうだからって、そういうこと言うな」

「そうじゃなくてさ」

　サトルの操作するロボットがビームを放ち、俺のロボットが粉々に飛散した。画面の右側に、でかでかと赤文字でYOU　LOSEと表示される。

「どのゲームもやり尽くしちゃって、もう、わくわくしないんだよ。ゲーム業界が怠慢なんだ。もっとどんどん新作出してくれなきゃ」

「一日中ゲームしてるんじゃ、そりゃ供給も追いつかないよ」

「だから俺が言ったろう」

　ずっと黙っていたビルカが、横から割り込んでくる。

「そんな電気の娯楽より、マンカラの方がいいと」

　二人とも沈黙する。俺はふと聞いてみた。

「サトルこそ、もしかして会社やめたの？」

「え……何で」

　唖然とするサトル。

「何となく、雰囲気で。そうかなと思った」

　サトルがもう一度、スタートボタンを押した。俺たちはそれぞれ操縦するロボットを選び、再び戦い始める。

「何かあったの？　別に嫌なら言わなくてもいいけどさ」

　サトルはしばらくして、コントローラーを触らなくなった。俺のロボットが一方的に攻撃する展開が続く。やがて思いきったように、サトルは立ち上がってビルカの耳元で囁いた。二言、三言、相談してから、俺の方を向いた。

「あのさ、隆太」

「ん」

「実は今、変わったことに巻き込まれてるんだ。会社やめたのも、関係があって……よければ知恵を貸して貰えないかな」

「いいよ」

ゲーム機の電源を切り、サトルの正面に座り直してポテトチップスの袋を開ける。そして、相手が話し始めるのを待った。


「へーっ。別の体に転生、ねえ……」

俺は空になった袋を振って、口の中にじゃがいもの欠片を流し込む。

「これが、案外難しくて。僕は最初に失敗して以来、使うのが怖くなってる。うまく使えば、人生を逆転できる力があるのは間違いないんだけど」

サトルは恨めしげに、ビルカを見上げた。マンカラ好きのランプの魔神は、正体を隠すのをやめたらしい。三割ほど透けた状態で、ふわふわと漂っては室内を物色している。

「それが転生の指輪？」

頷くサトルの指を睨む。一見普通の指輪だが、嵌まっている石には怪しげな紋章が浮かび、時折揺らめくように虹色の光を放っている。

「ふうむ。ソロモンの指輪って奴だったりして」

「何だよそれ」

「ソロモン王って知らない？　昔の偉い王様。スレイマン王とか、ソレイマーン王とも言うけど。魔法の指輪を使って、どんな相手とも心を通わせ、悪魔や死者すら使役できたっていう伝説がある。もしかしたら転生の力も持っていたのかもしれないな」

ぽかんとしているサトル。

「隆太、随分簡単に信じるんだな」

「うん、お前は嘘つくような奴じゃないから」

サトルはしばらく俺を見つめると、ぼそりと言った。

「あのさ……隆太だったらどんな時代の、どんな人間に転生する？　参考にしたいんだ」

「俺か？　んー。俺、割と現状に満足してるからな。でも待てよ。いつでも戻ってこられて、回数に制限はない、と言ってたよな」

「そうだね」

俺はにやりと笑ってみせた。

「じゃあ、ＶＲ……体感型ゲームみたいに使えるんじゃないか？」

サトルはしばらくきょとんとしていた。ビルカは全く意味がわからないらしく、不審げに俺を見つめている。

「たとえばさ、東方遠征に向かうアレクサンドロス大王軍の兵士に転生すれば、戦を体感できるわけだろ。どんなアクションゲームも、歴史シミュレーションも、これにはかなわないぜ。なんたってリアルなんだから。好きなだけプレイして疲れたら、あるいは死んでゲームオーバーになったら、現実に帰る。ゲーム機のスイッチを切るのと同じように」

しばらく瞬きしてから、頭をかくサトル。

「はあ……なるほど。お前、とんでもないこと考えるなあ。現在に戻ってくるんだから、時間も使わずに遊べるわけか。ある意味、理想のゲーム、か？」

俺は身を乗り出し、熱弁を振るった。

「そうだよ、これこそ現代的な使い方ってやつだ。俺さ、飽きてるんだ。ゲームの新作が出るまで待ちきれないんだ。なあ、中にはハラハラドキドキの、ゲームみたいな一生だってあるはずだ。体感させてくれよ、そいつの人生」

「どうしましょう、ビルカさん」

サトルは不安そうに背後を振り返った。ビルカはつまらなそうにあくびをした。

「やらせてみたらいい。参考になるかもしれんぞ」

サトルが頷く。ビルカは俺の目の前までやってきて聞いた。

「で、どんな転生先がいいんだ。なるべく具体的に言ってくれると、希望に添いやすいが」

「こんな体の人間がいい、とか言えばいいのか？」

「そうだな、こんな経験がしたい、でもいいぞ。該当する可能性が高い転生先を探してやる。実際に経験できるかどうかはお前次第だが」

なるほど。俺はゲームの棚をざっと見る。恋愛シミュレーションもいい。シューティングもいい。だけど、最初に一つ選ぶとなったら、これだろ。

「ドラゴン退治！　強靱な戦士になって、ドラゴンを退治してみたい」

サトルが呆れ声を出す。

「ちょっと隆太、ドラゴンなんて実在しないだろ」

「そうか？　あれだけ世界中に龍の伝説があるんだ。いたのかもしれないぜ、生き残りの恐竜とか、突然変異の爬虫類（はちゅうるい）とか。今は絶滅しちゃっただけで」

そう言った途端、ビルカがあっさりと頷いた。

「うむ……見つかった。さっそく行くか？」

「ほら見ろ！」

サトルが絶句する。やがて諦めたように一歩進み出ると、指輪を外して差し出した。

「じゃあ、これを嵌めて。帰るのにも使うから、なくさないように」

「オッケー、わかってる」

俺は左手の中指に指輪をつけた。特に変わりはないが、どことなく妙な感じだ。

「これで念じればいいんだったか」

二人が頷く。すると、やがて指輪が光り始めた。

「よし、行ってこい」

まるで冗談か何かのように、ビルカがぽんと俺の胸を押した。

途端、強烈な目眩と同時に、ロケットの打ち上げみたいな加速を感じ、世界に虹色の粒子が迸(ほとばし)った。ははっ、こりゃすごい。

俺は思わず、心の中で叫んだ。

さよなら、退屈な日常！

記憶はいったん、そこで途切れている。

†

そよそよと心地のいい風が吹いている。

俺は丘の上に寝っ転がり、空を見上げていた。あたりには鬱蒼と樹の茂る山が、幾重にも連なっている。はるか遠く、谷を黄色くて細い川が流れている。静かで、少し霞(かすみ)が出ていた。どこかから、キャーッ、キャッと猿の声が響いてくる。羽の音に顔を上げると、二羽の鶴が優雅に天を駆けていくところだった。

転生に成功したらしい。案外あっさりとしたもんだな。

よいしょ、と起き上がると、後頭部にずきんと痛みが走った。振り返ると、さっきまで俺が寝ていたところに大きな石があった。

「おーい、大丈夫なの？」

小柄で色白の男が、こっちに走ってくるのが見えた。

「思いっきり転んでたけど。頭とか、打ってないか」

なるほど、この体の死因はそれか。すでに魔法で傷は修復されたのか、頭を撫でても血はつかなかった。

転生先の体は、元の俺と少し似ていた。腹が出ていて腕が太く、指もごつごつしている。嵌められた指輪が窮屈そうだ。だが、かなり筋肉質で、背も高い。麻製だろう、ごわごわした触感の着物を着ている。やけに体が左に引っ張られるので何かと思ったら、腰に剣をぶら下げていた。

「ああ、平気みたいだね……驚かせないでくれよ」

さっきの男が、息を切らせて駆け寄ってきた。

お相撲さんのように黒髪を結い上げている。薄茶色の着物と袴を着て、首には瑪瑙(めのう)だろうか、半透明で緑色の、亀を象(かたど)ったネックレスをつけていた。顔つきは中性的で、まつ毛の長い美青年。現代日本ならアイドルと言っても通用しそうだ。しかし彼の腰にも、ごつい剣が巻かれている。

「とにかく、怪我がなくて良かったよ。ん？　どうしたの、そんなにしげしげとこっちを見て」

「あ。いや、えっと……」

誤魔化(ごまか)そうとしたが、諦めた。はっきり聞いた方がいいだろう。

「君、誰だっけ。ほら、ちょっと転んだはずみでど忘れしちゃってさ。その……名前は」

「名前を忘れたって？　僕はスー。スー・ウェンミンだよ。君はリュウ・ジェンチーだろう？　冗談にしてはひどいな」

響きからすると中国の名前だろうか。どうにも馴染みがなくて、覚えづらい。えっと、彼がスーで、俺は……何だったか。

「そうだったな、スー。悪い悪い」

スーは目を丸くする。

「どした？　スー」

「あ、いや……いきなり姓で呼ぶから、びっくりして」

「あれ。姓、というか苗字で呼んじゃいけなかったっけ」

「いけないことはないけれど、ちょっと不躾(ぶしつけ)っていうか」

「じゃあ名前で、ええと、ウェンミンって呼べばいいのか？」

スーは気色ばんだ。

「こら、余計に失礼だよ！　どうしたのさ。いつもは字(あざな)で呼ぶじゃないか」

ちょっと待ってくれ。姓、名、の他にあだ名みたいなものがあるのか？　さすがに覚えきれないぞ。

と、そこでいきなり背後から肩を掴まれた。

「はっはっは！　なーにやってるんだ、二人とも！」

豪快に笑いながら、大男がスーと俺の肩に腕を回して頬をぐりぐりしてくる。どこから現われたのか。やがて彼は俺たちを解放すると、こっちを向いて仁王立ちした。

「出発が近いのに、どうした？　故郷が恋しくなったとか言うなよ！」

　声がでかい。体もでかい。目はぎらぎらと輝き、濃い茶色の髪は結われているものの、癖がついて獅子の鬣（たてがみ）のように跳ねている。カリスマ性とでもいうのか、声にも佇まいにも迫力があった。着ている服も少し違う。俺たちと同じ麻服の上に、上等の絹の羽織を纏（まと）っている。赤と黄で染め上げられた、派手ないでたちだ。

　スーが言う。

「聞いてよ、ウーカイ。こいつ、名前を忘れたなんて言うんだ……教えたら、字じゃなく、いきなり姓で呼んできて」

「何、名前を忘れただあ？」

　大男は爆笑し、俺の背を叩いた。

「お前ってやつは、わけのわからん男だなあ。退屈しないよ。よし、いっそ姓で呼び合おうか。子供の頃から野山を駆けずり回って遊んだ仲だ、気にすることはない」

　スーが唖然とする。

「本気なの」

「ああ。また忘れられても困るからな。いいか、今日から俺のことはヤオと呼べ。そしてこいつはスー」

　スーが頷いたのを確かめてから、ヤオは俺を指さした。

「お前はリュウだ。どうだ、覚えられるか」

それくらいなら、かろうじて頭に入る。それにリュウという呼び名は元の名前、隆太に似ていた。彼らの発音は、どちらかといえばリィウというのが近いが。俺は頷いた。

「覚えた」

「よしよし」

ヤオはにっこりと笑い、俺の頭を撫でる。

「さあ二人とも、見ろ」

そして背後を振り返った。山脈の反対側に初めて目を向けた俺は、思わず声を上げた。

そこには村があった。大小合わせて十五軒ほど、申し訳程度の土壁で囲われた小さな村だ。奥には畑や井戸も見える。だが俺が驚いたのは、村の中央、広場に広がる光景にだった。

「こんなに小さな村が、あれだけの物資を調達してくれたのだ」

何百本もの長剣に槍、盾。陽を受けて燦然と輝いている。次々に運び込まれる壺、整然と並んだ籠、中にいっぱいに詰まっているのは木の実や穀物だ。そして革鎧を身に着けた若者たちがざっと三百人近く、号令に合わせて木の棒を振り、訓練をしていた。

「兵は十人も出してくれた。労働力のほとんどだろう。老いた父母が息子を差し出し、結婚したばかりの妻が夫を差し出す。村を通るたびに、みなが協力を申し出てくれる。故郷を出た時には、これほどの戦力になるとは思わなかった」

ヤオは感慨深げに腕組みをして頷いている。兵士の何人かが、こちらに向かって手を振っていた。

「命を預かる者として、身が引き締まる思いだな。スー、リュウ」

どうやらヤオ、スー、そして俺の三人は、この軍勢を率いる隊長格らしかった。

「河龍（ホーロン）のねぐらは近い」

ヤオは村の奥、低い谷になっている方を指さした。湿地のようだったが、よく見ると泥土の中に木の柱や、壺などが散らばっている。そこにあった建物が根こそぎ踏み潰されたように見える。

「やつはあたりを荒らしまわっている。被害は増えるばかり、もはや一刻の猶予もない。必ずこの怪物を討ち滅ぼすぞ。俺たちなら、できる！」

わくわくしてきた。これだよこれ、俺が求めていたのは。ゲームじゃ味わえない、本物の龍退治だ。胸が高鳴る。

「よし、やってやる！」

俺は拳を握り、ぐいっと掲げた。

「その意気だ、リュウ」

ヤオが笑っている。一人浮かない顔なのは、スーだ。

「どうだろう……」

「ん？　スー、どうした」

覗き込んだヤオから目をそらし、スーはぼそぼそと続けた。

「いや……龍は、人間の手に負える相手じゃないよ。天や神に近い生き物だ。僕たちが向かっていったところで、ただ怒りを買うだけ。今からでも、逃げた方が……」

ヤオはしばらくスーを見つめていた。やがて微笑むと、俯いたスーと目線の高さを合わせて、優しく言う。

「大丈夫だ。俺に考えがある」

その時、一人の兵士が坂を駆けあがってくるのが見えた。

「ヤオ隊長、申し上げます。物資の準備、全て完了しました。士気は旺盛です。いつでも出発できます」

「よし、ご苦労だった」

ヤオは頷くと、腰の剣に手を当てた。

「スー、リュウ。今は俺を信じて、ついてきてくれ」

そう俺たちに囁くと、剣を抜いて掲げ、眼下の兵たちに向かって声を張り上げた。

「全軍、五列縦隊。河龍の巣を目指し、進軍開始！」

待っていた、とばかりに鬨の声が上がった。


さて。

ヤオや兵士たちはずいぶん盛り上がっているが、こっちの世界に来たばかりの俺には、わからないことばかり。せっかくのドラゴン退治に、気持ちがノリ切れないのも勿体ない。

歩調を合わせて川沿いの道を進みながら、俺は近くの中年兵士に聞いてみた。

「ねえ、河龍って一体どんな奴なの。強いの」

「へ？　リュウ副長、何の冗談ですか」

はじめはみな、ぽかんとする。

「それが、転んだら色々忘れちゃってさ。思い出せないんだよ」

「変わった体質ですね……」

他の奴らよりも一回り大きな槍を担いだその兵士は、訝しみながらも説明してくれた。

「河龍が現われたのは、十年前です。大地震と共に目覚め、西の山を割って現われたとか。姿形は巨大な蛇、首が少なくとも八本あり、大きな爪と牙を持っている。山を根城とし、川を伝ってやってきます。やつが現われてから、世界は一変してしまいました」

「一変、ってどういうこと」

「川沿いの村が次々に襲撃されたのです。私たちの村は、半分ほどの畑が叩き潰されましたが、まだマシな方です」

「隣村は、丸ごとすっかり消されたんだ。たった一夜の出来事だった」

横から、次々に兵士が割り込んできた。

「こっちは、村人のほとんどがやつに丸呑みにされた。俺と弟が唯一の生き残りだ。もっとも、弟は足を一本持ってかれたがな」

「奴が出たって聞いて駆けつけたら、地形が丸ごと変わっちまってた。風光明媚な場所だったのに、今や泥塗(まみ)れで悪臭を放ってる。ひどいもんだよ」

俺はふうん、と頷く。

「とんでもない化け物なんだな」

最初の兵士が悲壮な顔で頷いた。

「みんな河龍を恐れ、川沿いを避けて山に暮らすようになりました。しかし、そんなところでは作物は思うように育ちません。水も食べ物も足りず、このままでは死を待つばかり。河龍を倒すか、人が滅ぶか、どちらにせよ決着までは長くないでしょう」

「それで、この討伐隊が組織されたってわけか」

ええ、と兵士は頷いた。

「生き残りの人数を考えれば、これが最後になると思います。何しろ前回の戦いで、スー副長のお父様も含めて、ほとんどの戦力を失ったので……」

なるほどね。俺は頷いた。

「俺たちの働きに、人類の存亡がかかってるわけだな。一番燃えるシチュエーションだ。やる気が出てきたよ」

「何よりです。もう忘れないでくださいね」

俺はさらに詳しい話を聞いた。

スーの父親は前回の討伐隊の隊長だった。九年間も粘り強く戦ったが、河龍の被害は減るどころか増える一方で、最終的にスーの父親も命を落とした。そして王が次の隊長に命じたのが、ヤオなのだそう。スーもヤオも王に目をかけられている名家の人物で、あんな顔してすでに所帯持ちらしい。なお、俺は貧民出の独身だとか。あんまりだ。

　また、王と言っても、それほど大きな国があるわけではない。多くて数百人、少なければ数十人ほどの集落がいくつかあり、そのとりまとめ役が王ということだ。中国の歴史にはあまり詳しくないが、少なくとも三国志の時代より昔だろう。みなの麻服姿や、青銅製の武具なんかを見ていると、何となく日本の弥生時代が思い浮かぶ。

「んで、この武器でどうやって龍を仕留めるんだよ」

　俺は、兵士の担いでいる槍を奪い、かぶせられている革袋を外してみた。

「何だこりゃ……大鎌みたいな感じだな。ゲームではたまに見るけど、こんな武器、中国にあったの？」

　先端に細長く平たい刃が取り付けられている。形は鶴嘴に近い。

「戈ですよ。それはリュウ副長愛用の大戈で、私がいつも運んでいます。それも忘れたんですか」

「どう使うの？　これ」

　大丈夫かこの人、という顔をされる。気にしない。わからないことは最初にちゃんと聞いた方がいい。

「つまりですね、盾を片手に、戈を片手に持つでしょう。で、こう上から……」

兵士たちは親切だった。実演してみせてくれる。

「こう、です」

戈を振り下ろし、やられ役の兵士を叩く。肩や首に突き刺して引っ張り、髪を掴むのだという。

「で、腰の剣で首を切り落とすってわけか」

「そうです。大抵は髪を掴んだ時点で、相手は戦意を喪失しますね」

俺は首を傾げる。

「え、なんで髪くらいで」

「だって……髪ですよ。魂の宿る場所です」

「髪が魂、だと。君、少しは禿の人の気持ちも考えてものを言えよ」

「ええ？」

話が噛み合わない。やり取りを重ねて、ようやく見えてきた。

この時代の人たちは、髪は生命の根源だと考えているようだ。みだりに見せたり触らせたりするのはタブー。髪は切らずに伸ばし、普段は結い上げておくか、頭巾や革兜でなるべく隠しておくそうだ。切り落とした髪をその辺に投げ捨てておこうものなら、猟奇殺人現場のような印象になるという。つまり、戈で引っ張って髪を掴むというのは、さながら股間を握って締め上げるようなものか。

まあ、それはわかった。妙な感覚だが、理解はした。

「人間同士の戦争では効果があるかもね。で、その河龍ってのにも髪はあるの？」

素朴な疑問をぶつけると、兵士たちは一様に口をつぐむ。そしてあたりを見回しながら、不安げに答えた。

「たぶん……生き物である以上は、あるんじゃないでしょうか」

「でっかい蛇なんだよね。こんな武器でついたところで、髪、掴めるのかな。掴んだとして、効くのかな」

みな、沈黙してしまう。

一人の若い兵士が、ぼそりと呟いた。

「でも、ヤオ隊長は作戦があるって言ってましたし」

「そうだよ。あの人がそんな簡単なことを見落とすわけがない」

「ヤオ隊長なら、何とかしてくれるはずです」

うーん。俺は大戈を兵士に返す。

ヤオが信頼されているのはわかったけど。大丈夫なのかな、この討伐隊。


たっぷり歩き、やがて隊は停止した。

俺は額の汗を拭う。空気は爽やかだったが、暑い。初夏という感じ。太陽は山の上でさんさんと輝いている。もうすぐお昼頃だろうか。

だだっ広い河原の奥で、濁った川が流れている。緑豊かな山に囲まれて、なんとも言えず気持ちのいい場所だ。キャンプに来ている気分になる。

「ここに陣を張るぞ。奇数班は自由に休憩。偶数班は、食事の準備を始めろ」

どこかからヤオの声がする。俺は、戈持ちの兵士に聞いてみた。

「俺たちって、何班？」

「第三班ですね」

「あ、そ。じゃあ休憩か」

これ幸いと陣を抜け出し、あたりを見物して回っていると、森の入り口にスーの姿を見つけた。

「よっ」

「ああ、リュウ……」

声をかけると、スーは顔を上げる。

スーはうずくまり、足元で何かをいじくりまわしていた。

「これ食うかい、スー」

はち切れんばかりに丸く膨れた、赤い果実を二つ掲げる。スーは不思議そうな顔をした。

「李（すもも）を？　どこに実ってたの」

「料理してるところを眺めてたら、料理長がくれた。腹が減ってると思われたみたい、失礼だよな。実際、腹は減ってたけど」

「はは、リュウは面白いなあ。ちょっと待ってね。もう終わるから」

スーの足の間を覗き込むと、丸っこい褐色の鳥が挟まっていた。時々思い出したように羽ばたき、またぐったりと動かなくなる。

「鶉だよ。足を怪我していたんだ。狐に噛まれたか、風に煽られて木に打たれたか……」

そっと鶉の足に小枝を当て、紐で固定していくスー。添え木をしてやっているのだ。

「お待たせ、できたよ。飛んでごらん」

友達に言うように囁き、スーは手を離す。鶉は一歩、二歩、とよろめき、力強く羽ばたくと、飛んだ。俺たちが見守る前でふわりと浮き、いったん手近な木に止まる。そして振り返りもせず、森の奥へと飛んで行った。目を細めるスー。

「バランスが悪そうだったね。もう少し弱くても、軽い木を使った方が良かったかな」

「鶉って食べられるんだろ。捕って食ったりはしないのか？」

「食料はまだ十分にあるから。それに僕、動物を殺すのって苦手なんだ。どうも可哀想でね」

李を差し出すと、スーが受け取った。二人で地べたに座りこむ。

「そんなに優しくて、河龍退治なんてできるの、お前」

「それは……」

スーは目を伏せる。しばらくしてから俺を見つめ、一つ息を吐いて話し出した。

「誰にも言わないでくれよ、リュウ。僕は正直、乗り気じゃない。ヤオがどうしても、と言うからついてきただけなんだ」

「だけど河龍をやっつけなきゃ、みんな死んじまうんだろ」

「それは人間の都合だよ。河龍はただ生きてるだけだ。川を泳いで、餌を食らっているだけ。僕たちだって悪気はなくても、蟻を踏み殺したりするだろう？　それと同じなんだ。自然界に悪も善もない、みんな己の生を精一杯全うしている。河龍を憎むような気持ちには、とてもなれないよ」

　おいおい。副長がこんな有様なのかよ。いよいよまずいぞ、この討伐隊は。

「じゃあ黙って、やられるままになってろって言うのか」

俺は李をがぶりと囓った。甘酸っぱい味が、口の中に広がる。スーはぼそぼそと続けた。

「わからない……僕はどこかでまだ、他人事なのかもしれない。ヤオと違って河龍を見てもないし、大事な人を失ったわけでもないから」

「あれ、待てよ。父親は河龍にやられたって話じゃなかったか？」

　スーは少し後ろめたそうな目で、俺を見上げた。

「そうなんだけど……実感がないんだ。物心ついたころ、すでに父親は家に寄り付かなくなってた。仕事や出世が何よりも大事な男だったから。ある日急に死んで、仇を取れと言われても、ね。顔もぼんやりとしか思い出せないんだよ、絵描きに描かせる間もなく逝ったんだ」

　ため息と共に、李を囓ろうとするスー。だが顎に力が入っておらず、歯はむなしく皮の上を滑った。

「ちょっとわかるな、それ」

俺は頷く。

「うちの親父も、コンクリートや建材のことしか頭にない。仕事にしか関心がない。何が面白いんだかな、そんなもの。そっちがそうなら俺も無視してやる、と思ってたらさ、ある日急に後を継げ、だよ。わけわからんよな」

スーは目を瞬かせる。

「あれ、リュウの父親って、猟師……だったよね？」

やべっ。うっかり、隆太の話をしてしまった。どう誤魔化したものか。その時だった。

「河龍が来るぞ。戦闘態勢とれ！」

けたたましい鐘の音と共に、叫び声が聞こえてきた。俺とスーはしばし互いを見つめると、立ち上がる。

「急ごう」

そして、駆け出した。


陣地は大騒ぎになっていた。

食事の支度どころではない。みな革鎧と兜を身につけ、それぞれの武器を持って隊ごとに整列を始めている。あちこちを兵が駆け回り、指示が飛ぶ。蜂の巣をつついたような有様だ。羽根つき兜をつけた兵士が指示を出している。

「剣、戈、弓の順で陣を組め。やつは川から来る、山に背を向けろ！」

俺とスーも、自分の部隊を探して走る。さっき色々と教えてくれた戈持ちの兵士の姿を見つけて、俺は手を振った。

「どこに行ってたんですか、リュウ副長」

「ごめん、李食ってた」

「李？」

種をペッと吐き出す。兵士が歯を食いしばりながら、大戈を差し出している。物干し竿のようなサイズで、彼らにとっては相当重いらしい。が、受け取った俺はゆうゆうと扱えた。この体は力持ちだ。初期能力の高い、当たりの転生先だな。

「我々は右翼前面を任されてます、急ぎましょう」

「それってどっち？」

「案内します。第三班、劉(リュウ)部隊、来い！」

戈持ちの声に、何人かがついてくる。俺よりこの人が副長やった方がいいんじゃないか。

兵には剣と盾を持っている者、戈と盾を持っている者、そして弓を持っている者がいた。

一つの隊の中で色んな武器を持ち分けて、連携する仕組みのようだ。

どうして河龍が来るとわかったんだ、と聞こうとして、すぐに必要ないと気づいた。

足元が揺れているのだ。

初めは立っていられる程度の地震だったが、だんだん強くなり、もはや地下鉄に乗っているよう。大地が震えている。木がざわめいている。河原の石がかちかち、音を立てている。汁物が入っていた椀はひっくり返り、甕が転げて中の果物がまき散らされた。何か、とてつもなく重くて巨大な何かが、上流から近づいてくる。兵士たちはよろめきながら隊列を組み、川に向かって各々の武器を構えた。

「リュウ、前に出すぎだ」

赤と黄の羽織を翻し、ヤオが現われた。俺は目の前の砂利と、ヤオの顔とを交互に見る。

「でも、川から来るんだろ。先制攻撃をかけるには、このへんにいないと……」

「いや、だめだ。もっと後退しろ。山の中で構えるんだ」

「川が見えなくなるぞ」

「それくらいでいい。俺を信じろ、リュウ」

総大将の命令なら仕方ない。俺たちは急いで川から離れて山に入り、木々の中に陣取った。向こうからこちらは見えないだろうが、こちらからも見通しがきかない。俺は茂みの間から、懸命に目を凝らした。

その間も震動は続いていたが、やがて気味の悪い声が聞こえてきた。誰かが浅い呼吸と共にこぼす。

「河龍が吠えている……」

聞いたことのない音だ。片仮名で表現すれば、ボロロロロ、だろうか。ゆっくりと大地を破壊し、唾液をまき散らしながら、怪物が迫ってくる様が思い浮かぶ。

各隊は臨戦態勢のまま、山の中で時を待っていた。整列したり山に入ったり、ずいぶん無駄な時間を使った気がするが、相手はなかなか姿を現わさない。

俺は大戈を握りしめ、部下たちに言った。

「まず俺が突っ込むからな。お前たちは怪我しないように、後ろから援護しろ」

自信があった。

リュウの体は、鍛錬に鍛錬を重ねてきているのだろう。心臓は激しく脈打ち、全身に熱い血が流れているのを感じる。だが息は深く穏やかで、途切れない。全身に力が漲っていた。敵を見れば即座に飛び掛かり、首元めがけて一撃、大戈を振り下ろす。今の俺は虎くらいなら余裕で仕留められる気がする。龍だって何とかなるだろう。

ひと際大きな吠え声が、谷を貫いた。

来たな。直感でわかった。だが、大戈を振りかぶり、獲物の急所を捉えんと一歩踏み出した俺の目に映ったのは、予想外の光景だった。

初めは怪獣みたいな大きさの黄色いウニが、にゅっと谷に顔を突っ込んだように見えた。あっという間にウニの棘一本一本が膨らみ、はじけ飛んで、澱んだ黄色の爆発を引き起こす。何度か瞬きして、ようやく理解が追いついた。

何だあれは、蛇じゃないぞ。水だ、猛烈な勢いの水。ただ、その量が凄まじい。

滝のように上から叩きつけるなり、サッカーの試合ができるほどの河原を一瞬で飲み込んでしまう。岩も、食卓も、何もかもがいっしょくたに水流に吸い込まれ、バラバラに叩き潰されていく。

　現実の光景とは思えなかった。大きな木の幹が、空中を吹き飛んでいく。まるでマッチ棒が噴水に翻弄されるみたいに。

　でも、龍は？　龍はどこにいるんだ。

「ひるむな。攻撃、開――」

「全軍後退！」

　誰かが下しかけた指示を、ヤオが大音声でかき消した。

「山に駆け上がるんだ！　急げッ」

　みな、弾かれたように走り出す。言われるまでもなかった。ここもすぐに泥水に呑まれるだろう。ヤオは叫び続けている。

「重ければ盾と弓は捨てても構わん。ただし、戈と剣は握りしめておけ」

　変な指示だったが、ともかく戈を握りしめ、俺は必死に山を登った。傾斜はかなり急で、山登りというよりは木を手掛かりにしての崖登りみたいだ。冗談じゃないぞ、俺は小学校の登り棒すらギブアップした男だというのに。だが、火事場の馬鹿力か、リュウの肉体のおかげか、案外登れた。それでも少しずつみんなから離されていく。代わりに背後から、水の冷気と汚泥の臭い、そしておどろおどろしい轟音が迫ってくる。

　待ってくれ、みんな。置いていかないでくれ。

　ついに右足首が、泥に触れた。ほんの少し水に浸かっただけなのに、物凄い力で引っ張られる。体勢が崩れる。

もうだめだ。

そう思ったときだった。ヤオが猿（ましら）のごとく木を伝い、俺の前に飛び降りた。差し伸べられた手を握る。

「大丈夫だぞ、リュウ」

ヤオは少し笑い、ふん、と力強く俺を引っ張り上げてくれた。おかげで何とか頂上に辿り着き、一息つけた。ヤオとスーはあたりを走り回り、落っこちかけた兵士を助けている。

水位の上昇は、頂上のほんの少し手前で止まってくれた。

みな疲れた様子で、茫然とあたりを眺めている。目の当たりにしていながら、なお信じがたい光景だった。

依然として凄まじい勢いで水は流れていく。大木が乾燥パスタのようにやすやすと折られていた。根っこごと引き抜かれる木や、山ごと流れていく木もあった。俺たちが避難した山も小刻みに揺れていて、いつ突き崩されるかわからない。あたりの様子は、すっかり変わってしまった。平和な森のキャンプ場が、今や泥水に浮かぶ小島の群れだ。

「これが河龍か……」

誰かが呟くと、次々に兵士たちが弱々しい声を上げた。

「聞いてないぞ。こんな、とんでもない化け物なのかよ」

「そうだ、これにみんなやられたんだ」

「前より強くなってる。手のつけようがない。終わりだ」

みな怯え、嘆き、項垂れている。

悪いけど、俺は別の思いでいっぱいだった。

ちょっと待てよ。河龍って、洪水のことなのか？

「怒れる水霊の数が増えて、河龍の力も強まっているんだ。しかし、どうしてこれほど怒っているのか」

「無理だよ。母ちゃん、俺、みんなを守ってやれないよ……」

啜り泣いている兵士もいた。これほどあたりの空気が重くなければ、俺は左手の指輪に向かって怒鳴っていただろう。

おい、話が違うじゃないか。ドラゴン退治がしたいと言っただろう。ゲームに出てくるような、でっかい怪物を叩きのめすつもりだったのに。

「顔を上げろ、みんな！」

ヤオの声だった。

彼だけは、希望を失っていないようだった。にっこりと笑い、腕組みをして、張りのある声で続ける。

「実は、こうなることはわかっていた。河龍の力を実際に感じない限り、みなは聞く耳を持たないと思ったのでね。危ういところだったが、幸い誰一人失わずにすんだ。さあ、元気を出せ。俺たちの戦いは、ここから始まる」

誰もが唖然としていた。何だって？　今、敗北が決まったようなものじゃないか。だが、ヤオは喜々として話し続けている。その目の輝きが、怖いくらいだ。

「見ての通り、河龍狩りは、獣を狩るようにはいかない。剣や戈、弓などでは何の役にも立たない、既存の戦争のやり方は一切通用しないんだ。それはわかってくれたね。だからと言って打つ手がないわけじゃない」

「何を言ってるんですか……あんな化け物に、敵うわけがないです」

兵士の一人が弱々しく呟く。

「大丈夫だ。もっと人間の力を信じろ」

ヤオは優しく微笑んだ。

「確かに河龍に比べて、俺たちは吹けば飛ぶように小さい。だが、それは武器でもある。考えてみろ、針の穴のような急所でも、容易に突ける。相手に気配を悟られず、近づける。一人二人が休んでも、残りが攻撃を続けられる——そうやって、蟻は象を倒すんだ。俺たちにできない道理はない」

「しかし……」

音を立てて、ヤオの背後で山が崩れ落ちた。アイスクリームが珈琲（コーヒー）に溶けるように、あっさりと消滅した。すくみ上がる兵士たちを前に、ヤオは淡々と続ける。

「おう、山が消えたな。それが何だ。我々にもできる。土を掘り、石を積み、いずれは山をも穿つ。畑や村を作るとき、そうしてきたじゃないか。河龍にできて、俺たちにできないことなど何一つない。つまり互角か、少し俺たちが有利という話だ」

　兵士たちの反応はまちまちだった。ヤオの熱意に引き込まれ、気を取り直しつつある者がほんの数人。残りは懐疑的な目を向けている者、呆れている者が半々くらい。ヤオは頷いた。

「まあ、素直に飲み込めない気持ちもわかる。俺の作戦を聞いてから、判断してもらおうか。ただ、みなに説明する前に、まず副長たちと話し合いたい。じらして悪いが、ちょっと時間をくれ」

　ヤオはそうみなに告げてから、俺に向かって手招きした。

「リュウ。それからスー。来てくれるか」

　一体何を話すつもりなのか。元の世界に帰るタイミングを失ってしまったまま、俺は大戈を携えてヤオの元へと歩いた。

　なるほど、初めから一時撤退するつもりだった、というのは本当らしい。頂上付近にはいくつかテントが張られ、物資の多くが置かれていた。

「まあ、座ってくれ」

　座椅子に似た、簡易な木製の椅子を俺とスーにも勧め、ヤオは腰を下ろした。三人で鼻を突き合わせるようにして、会議が始まる。

「どういうつもりだよ、ヤオ」

口火を切ったのはスーだ。

「どう見たって僕たちの分は悪い。兵の士気は最低だ。あんな演説で立ち直ると思ってるなら、考えが甘いよ」

ヤオはしばらく沈黙した。どう切り出そうか、考えている様子である。兵たちの前とは違い、何度か口ごもりながら、ヤオは話し始めた。

「まず、大事な話をしたい。この根本的なところで心を一つにできなければ、遠征は失敗に終わる。もちろん俺は、お前たちがついてきてくれると信じているし、そう望んでいるが……その。少々突拍子もない話でな」

「一体、何の話だい」

「なあ……河龍を、どう思う」

「え？」

「スー、お前は動物に詳しいよな。そんなお前から見て、あんな理不尽な生き物が存在すると思うか」

存在しないよ。あれはただの洪水だ。そう思いつつ口にはしないでいると、スーがぼやいた。

「実在するんだから、仕方ないじゃないか」

「納得できないことが多すぎる。たとえばあの巨体だよ、何食って生きてるんだ」

「僕の先生は、河龍の食べ物は雨だと言っている。特に雷を伴う長雨が大好物で、決まってその後大暴れする。山や、畑や、人を襲うこともあるけれど、食事ではなく移動に巻き込んでいるだけだろう。低くて、湿ったところを好むんだ。全身に水を纏い、谷を目指して這っていく」

「つまり水だけで生きていけるのか？　おかしいだろう。どんな動物だって、もっと栄養がいるはずだ」

「僕たちの常識を当てはめても意味がない。河龍は霊獣、いわば霊気の集合体なんだよ。天から落ちてきたばかりの水には、霊気が濃く含まれている。その力を受けて、河龍は暴れる。これは天の意思でもあるんだよ」

　俺は冷めた目で二人の議論を眺めていた。

　なるほど、そういう理屈をこねくりだすのか。科学が未発達な時代、人智を超えた現象を説明するには、他に方法がないのだろう。大変だな、昔の人は。ここは俺も話を合わせておこう、と思った時だった。

　ヤオが傍らから甕を二つ、取り出した。片方から強い酒の匂い。もう片方は、清水が入っているようだ。

「昔から、いくら聞いても、こじつけにしか聞こえなかった」

「ヤオ？」

「なあ、スー」

　ヤオが、ゆっくりと告げた。

「河龍なんて存在しない。ただの水だよ、あんなものは」

その言葉に、しばらく口がきけなかった。スーは驚愕で青ざめている。

ヤオが甕にひしゃくを入れ、中の水を汲む。

「霊獣でも、神でも、天の意思でもない。こうして酒と混ぜ、俺たちに飲まれる水と、何も変わらない」

「……バカな！」

スーが叫ぶ。そしてあたりを見回して、声をひそめた。

「聞かれたらどうする。そんな考え方こそが、河龍を怒らせるんだぞ」

「見ろ、スー」

ヤオはひしゃくをひっくり返した。俺たち三人の前で、ばしゃっと水が散る。少し顔に飛沫がかかった。

「今、水が零れたのは、水を怒らせたからじゃない。俺がひしゃくを返したからだ。天の意思じゃない……俺の意思だ」

呆気にとられた顔のスー。

「俺は前回の討伐隊の生き残りだ。その経験から言わせて貰う。スーには悪いが、お前の父親のやり方じゃ、何年かけても無駄だと思ったね。河龍を儀式でなだめたり、生け贄を捧げたり、やみくもに弓矢を打ち込んだり。俺が謝罪したところで、水がひしゃくに戻るか？この量の水なら誰でもわかることを、どうして規模が大きいというだけで見失うんだ」

俺たちが見つめる前で、ヤオはもう一度水を汲み、椀の中で酒と混ぜた。一口啜ってから、俺たちにも差し出す。

スーは酒を受け取らず、さらに反論した。

「でも、被害を受けた人たちが感じているじゃないか。河龍の凄まじい怒りや、暴力的な意思を。そこはどう説明するんだ？」

「呑まれているだけだ」

ふう、と息をつくヤオ。

「あんなものに勝てっこない、そう思うから化け物に見える。あるはずのない怒りや、ないはずの意思を感じてしまう。俺たちは、相手を呑んでかからなきゃならない。相手はただの水、必ず克服できると信じるんだ」

「無理だよ」

「いや、できる。俺は確信している」

ヤオがにやっと笑う。

「まずここで、俺たちが河龍を征服する。南には江（チアン）という名の龍がいるらしいな、やがてそいつも成敗しよう。この世にどれくらい龍がいるかは知らないが、人間はいつか全ての龍を手の内に収める。どうなると思う？　人間は忘れる。龍がいたことをすっかり忘れてしまうんだ。河も江も、単なる水の流れを意味する言葉に成り下がる。俺には見えるぞ、その光景が」

彼の目は澄み切っている。

「ずっとずっと先、俺たちの子がさらに子を生み、栄えていった先の世界を考えてみろ。みんなが不思議がっている。古い文献には『龍』という怪物がたくさん出てきて、龍に挑む戦士たちの話も書かれている。なのに、どうして龍はいなくなってしまったのか、とね。それが、人が龍に勝った世界だ。いなくなったわけじゃない、龍がただの水になった世界。俺が夢見る世界だ」

少しずつヤオの話に引き込まれている自分がいた。こいつ、凄いな。本当に未来を見通している。

「お前たちにしか、こんなことは言えないよ」

ヤオの声は、震えていた。その目に微かに、乞うような光があった。

「なあ、俺は頭がおかしくなったわけじゃない。勝ちたいんだ、この戦い、どうしても。そのためには、河龍をただの水だと思わなくてはならないんだよ」

みなが洪水を龍だと信じている時代に、それを否定する。どれだけ勇気がいるだろう。現代日本で「洪水は龍が起こしているんだぞ」と触れ回るようなものだ。

「リュウはどう思う？　ずっと黙ってるけど」

スーに急に話を振られて、俺は思わず頷いてしまう。

「あ、いや。うん……そうね。ヤオの言う通りだと思うけど」

ヤオが目を潤ませる。

「リュウ、わかってくれると信じていたよ！」

ぐっと肩を抱かれた。ああ、まずいなあ。今さら否定もできないし。

俺たちの様子を見て、スーも折れた。

「……わかったよ」

ため息を一つ。

「僕は、河龍がただの水だと認めたわけじゃないからね。ただ、そこまで言い張る君を、信じてみたくなった」

「スー、ありがとう。お前たちが味方なら、百人力だ」

「で？　具体的にはどうするつもりなの」

うむ、とヤオは頷いた。その目にはぎらぎらした熱い輝きが戻っていた。

「単純だ。生き物としては戦わない。徹頭徹尾、水として相手取る」

意気込んで作戦を説明し始める。困ったな。完全に巻き込まれてしまった。

こんな仕事の手伝い、したくないぞ。


水がある程度引くと、早速ヤオたちは動き始めた。

「まだやるの？」

「あと少しです」

俺の目の前では、赤く焼けた大戈に向けて職人が槌を振り下ろしていた。甲高い音が、作業場に響き渡る。俺は息を荒らげ、汗を流しながら、ペダルをぐいぐい踏み続けた。炉に風を送る、ふいごという器具だ。

職人が戈を持ち上げて、水甕に漬ける。じゅう、小気味いい音と共に、蒸気が吹き上がった。柄の部分を微調整して、完成品を差し出してくれる。

「こんなとこですかね」

「ありがと」

大鎌のように平たく鋭かった大戈は、先が少し丸くなり、代わりに太くなった。はっきり言ってしまえば、鶴嘴（つるはし）に改造された。きっと岩がよく掘れることだろう。

「あ、リュウ副長。ついでにもう少し、ふいご踏んでってもらえませんか」

「もうやだ。疲れたもん。また後で」

「きっとですよ。はい、じゃ次の方！」

俺は慌ててその場を離れる。即席の鍛冶場には、大行列ができていた。職人も大変だな。兵士たちはみな、変わり果ててしまった己の武器を見て、目を白黒させていた。青銅の戈は切れ味を鈍らせ、頑丈にして鶴嘴に。青銅の剣は先を潰して広げ、全体をしならせて、スコップに。即席の現場作業員たちのできあがり。盾と弓は捨ててもいいから、戈と剣は握りしめるようにとヤオが言った理由が、やっとわかった。

「第三班は全員、武器の改造が終わったな。じゃ、俺についてきて」

「あの、リュウ副長。我々はこれから何をするんですか」

戈持ちの兵士がスコップを手に、困った顔をしている。

「何って、掘るんだよ。土を」

「土を？　河龍はどうするんです」

「さっき、ヤオが説明したでしょ。ただの水だと思えって。水は低い方に流れる。だから、土を掘るんだよ。村とは反対側に長い溝を掘って、そっちに流れるようにするの」

「はあ……話が随分変わりましたね」

「ほんとだよね」

みな、半信半疑という顔だった。それでもヤオへの忠誠は揺らいでいないらしく、大人しくついてくる。

「あ、リュウ副長。質問があります」

今度は第二班の兵士に呼び止められた。

「なに」

「竹籠は、どれくらい作ればいいんでしたっけ」

「作り続けて」

「え？　いや……いくつ作ればいいのかな、と」

「いいから、作り続けて。どうせとんでもない量、必要になるから。まずは第三班に持ってきてね。土を運ぶのに使うんだ」

「土、ですか」

「掘ったら土が出るでしょ。それを運んで、溝の反対側に壁を作るんだよ。少なくとも人数分は欲しいな。そんで、余った竹籠にはガンガン石を詰めて」

「石、ですか？」

兵士は困惑顔で首を傾げる。

「そう、石を目一杯詰めて、川底に並べるんだ。水流を少しでも弱めて、壁をぶち抜かれないようにするためね。まあ、百個とか千個とかは必要になるだろうな。さ、わかったら早く、作って。時間ないよ」

「わ、わかりました……」

何か言いたそうだったが、ぐっと飲み込んで兵士は去って行く。素直で助かる。

もっとも俺が担当する班には、そういう性格の者や、ヤオへの忠誠心が篤い者ばかりが集められているのだった。一方、そう簡単に頭を切り替えられない兵士たちは、スーの指揮下に入れられている。

「いいかい、河龍が巨大な霊獣だとしても、その性質が水に極めて近いのは間違いないんだ」

少し離れた木の下で、兵士に囲まれたスーが説いていた。

「だからまず、その水を制御することを考えよう、というのが今回の作戦なんだ。そのためにヤオは占い師も連れてきている。亀甲(きっこう)で卜(ぼく)した結果、この地点が河龍の急所だとわかった。具体的に説明するとね……」

うまいこと言うもんだなあ。

スーは、河龍が生き物だと信じている兵士たちを説得し、まとめ上げる係だ。内心葛藤はありそうだが、今のところスーは器用にこなしているようだった。

「リュウ副長。薪なんですが、濡れてしまって火がつきません」

また別の兵士が問題を持ち込んでくる。俺に言われたって困るよ。

「えーと、じゃあとりあえず、日に干しておこうか」

「はい。でも今日の炊飯ができませんが」

「薪探しに兵士を何人か割くよ。それから料理班に、なるべく火を使わないメニューを考えさせよう」

やることはいくらでもあった。

ヤオと俺はあちこち走り回り、次々に判断を下していった。

慌ただしい一日が終わり、陣の中で寝転んだ時には、へとへとだった。暗闇でふと、一人考える。

俺、何やってんだろう？

これじゃ土木工事の現場監督じゃないか。ちょっと体感型ゲームでもやるつもりで来たのに、こんなの冗談じゃないぞ。

左手を出して、顔の前で開いた。

川で軽く洗ったものの、一日中働き続けた手は、皺に土が詰まって茶色かった。転生の指輪も薄汚れている。

　もう帰っちゃおうかな。

「リュウ」

　外から声がして、息を呑む。陣幕の向こうに人影が見えた。ヤオの声だ。

「……ありがとう。俺一人じゃ、とてもみんなを動かせなかった。お前のような弟分に恵まれて、俺は幸せ者だ。心から感謝するよ」

　何と答えればいいのかわからず黙っていると、ふっと笑い声。

「もう寝ていたかな。お休み、また明日。リュウ」

　困るんだよな。あいつ、いい奴だから……。

　俺は指輪から目をそらした。

　とりあえず、明日また考えるか。今日はもう眠くてたまらん。

　麻の布団をかぶる。すぐに意識が遠くなり、そのまま朝まで熟睡してしまった。


　明日こそ考えよう。

　そう思いながら眠りにつく。次の日も、その次の日も。気づけば、あっという間に一週間が過ぎていた。

　朝起きると、いい匂いが漂ってくる。腹がぺこぺこなので、誘い出されるように料理班の方まで歩いて行く。

「ねえ、今日はどっち？」

　すっかり顔なじみになった、小太りの料理長に聞く。答えは二通りしかない。生のやつか、焼いたやつか。つまり酢と野草であえた生肉か、串に刺した焼き肉か、そのどちらかだ。ちなみに前者を膾、後者を炙というらしい。今日は炙、つまり「焼いたやつ」だった。

「ほい、リュウ副長。大盛りにしといたぞ」

「ありがと。いただきます」

　調理法は代わり映えしないが、食材はバリエーション豊かだ。肉には鶴や白鳥、鴨に雉、羊に魚、果ては蛇まで使われる。とにかく食えるものは何でもだ。そのために料理班は、一日中あちこちを駆けずり回り、獲物を捕りまくっている。しかし今日のこれは何だろう。表面のでこぼこ、薄く入った脂身、芳醇な匂い。噛みしめて思わず叫んだ。

「え、豚？」

　料理長が笑う。

「びっくりしたろ、子豚だよ。近くの村で調達できてな」

「近くの村って……」

　空腹に任せてがつがつと頬張りながら、不覚にも目が潤んでくる。一番近い村だって、わりと遠いのだ。坂道を二時間は上った先である。そのうえ、今はどこでも飢えていると聞く。こんな立派な豚を差し出した人の気持ち、運んできた人の気持ち、そして大盛りにしてくれる料理長の気持ちを思うと、箸が……いや、涙が止まらない。

「ほれ、良ければもっと食え」

「だけどみんなの分がなくなるよ」

と言いつつ勝手に手が動く。

「皿にわんさか盛りながら言っても説得力はねえなあ」

「うん。うますぎて」

これがさっぱりしていて、いくらでも入るのだ。中華料理は油っこいと思い込んでいたが、この時代はそうでもないらしい。素材の良さが引き出された、上品な味がたまらない。

「ま、いいんだよ。あんたはそれだけの働きをしてる。昨日も堤を塞いでた大岩をどかしたって話じゃないか」

「ああ、うん。まあね」

あの岩は本当に大きく、重かった。だけど俺一人の力じゃない。事前にみんなで脇に溝を掘り、スーが考案した梃子を使ったり、端材をいくつも噛ませたりしてやっと動いたのだ。そして何よりも、ヤオがいなければ不可能だった。

「大丈夫だ、絶対に動かせる！」

あいつは諦めない。泥まみれになりながら、叫び続けていた。現われた大岩にみんなが呆然としていても、率先して岩に食らいついていく。熱血だけで岩が動けば苦労はない……最初はそう思うのだが、ヤオに励まされ、意見を出し合い、力を合わせているうちに、だんだんできる気がしてくるから不思議だ。そして実際、岩は動いた。

苦労して渡した橋が落ちた時も、スコップが入らない硬い土に出くわした時も、水が染み出てきて足元がぐちゃぐちゃになった時もそうだった。ヤオに鼓舞されているうちに、何とかなったのだ。

「あいつほんと、何者なんだろ……」

げっぷと共に、思わず独り言。

頭の回転の速さならスーの方が秀でているし、腕力では俺の方が上だ。だが、ヤオの真似は誰にもできないのだった。

「お、リュウ！　うまそうだな」

そのヤオの声に振り返る。夜の当番班がこちらに向かってくるところだった。みな体中、泥と煤で真っ黒だ。よろめきながら食卓につくと、水をぐいっと呷るヤオ。

「あー、疲れたよ。食ったら少し寝るとしよう。そうだリュウ、例の『めちゃ硬』壁、ついに攻略したぞ」

「え、ほんとに」

「ああ。見たらびっくりするぞ。一晩中かかったけどな！」

俺は思わず聞く。

「お前、いつ寝てるの。昼も一緒に働いてたのに」

「大丈夫だって、ちゃんと休憩は取ってる。またいつ、河龍が押し寄せてくるかわからないだろ？　今のうちに少しでも進めたいんだ。あ、料理長、俺も大盛りで」

疲れ切っているはずなのに、白い歯を見せて笑ってやがる。どうなってるんだ、こいつ。

「しかしこんなんで、本当にあの洪水を防げるのかな」

俺がぼやくと、ヤオが微笑んだ。

「きっとうまくいくさ。人間の力を信じろ」

「またそれか。人間の力を信じろ、信じろって。よくそんなに自信を持てるね」

すると、ヤオは食べる手を止めてこちらをじっと見た。

「お前たちのおかげだよ、リュウ」

「え？」

ヤオは懐かしそうに目を細める。

「覚えてるか。水泳、教えた時のこと」

「いや……ええと」

「ハハ、無理もない、小さかったからな。俺とスーが川で泳いでたらさ、お前が自分も泳ぎたいって駄々をこねたんだよ。だけどその時のお前、ぶくぶくに太ってて、動きも鈍くてな。浮くことは浮くんだけど、ちっとも前に進まないし、すぐにひっくり返っちゃうんだ」

けらけらと笑うヤオ。知ったことか、水泳なんか昔から嫌いだ。

「だけど、お前は諦めなかった」

ヤオは続ける。

「何度、溺れかけたかわからない。やめとけ、とどれだけ言ったかわからない。正直に言うが、俺は無理だと思ってた。そのうち嫌になってやめるだろうと。その時何と言って慰めようか、考えてたくらいだよ。だけどお前は続けた。泣きながら、歯を食いしばって、何日も何日も。そして、ついに泳げるようになった。それも俺やスーよりも速く」

俺は瞬きする。

「信じられるか？　あんなに鈍くて泣き虫だったお前が、今じゃ村一番の戦士だ。どれだけ努力を重ねたか、俺は知ってる……すぐそばで見てきたからな。そして教えられたんだ。人間は俺なんかが想像するより、遥かに底知れぬ力を秘めているんだと。不可能すら可能にするほどに」

ヤオの目を、正面から見られない。勘弁してくれよ。その努力したリュウは、俺じゃない。俺が入る前のリュウだ。

「ま、お前だけじゃないけどな。色々な人が、人間の素晴らしさを教えてくれた。俺の周りには、そういう素敵な友人が多い！」

俺は頭をかいた。くそっ。何て爽やかな奴だ。

「ヤオ、お前が起きてくるまでに、予定の倍進めといてやるよ」

「いや、さすがにそれは無理だろ？」

「できるさ」

「よーし、やってもらおうじゃないか。やり遂げたら、とっておきの酒、やるよ」

「お。その言葉、忘れるな」

ふん、と鼻息を吐いて現場に向かいながら、俺は首をひねる。もしかして、まんまと乗せられたのか？　でも、俺が自分で言ったことだしなあ。

そしてまた、一日中働く。疲れて寝る。起きれば腹が減っているので飯を食い、働き、寝て……そして、月日は飛ぶように過ぎていった。


俺は河原で髪を洗っていた。

ふと顔を上げて、あたりに広がる絶景に息を呑む。

「もう秋かよ」

見事な紅葉だった。洪水に根こそぎやられたかと思いきや、半数以上の木は元気に葉を増やしていた。抜けるような高い青空、野鳥の声、とうとうと流れる水。どこかで料理班が薪でも調達しているのだろう、こーん、こーんと斧を振るう音が響いている。

「わあ、リュウ。早く結いなよ」

スーが現われるなり、ぎょっとした顔で言う。

「はいはい。ちょっと待って」

俺は肩の手前まで伸びた髪を、櫛で手早くまとめると、小枝で留めた。髪結いにも慣れたものだ。水がぽつぽつ、襟元に滴り落ちる。

「もう少し人目につかないところでやりなよ。ひやひやする……それにしてもリュウってきれい好きだよね。毎日髪を洗うなんて」

「だって虫が湧くの、やだもん」

正直、この黄色い川で洗っても泥がこびりついて、あまり綺麗にはならない。それでもシラミが出るよりマシだ。あの小さな虫が蠢（うごめ）いているのは、現代人として耐えられない。

「で、スーは何しに来たの」

「うん、罠を仕掛けにね」

スーは持ってきた口の狭い竹籠に石を少し詰め、川に沈めた。籠とかザルは現代日本にあるものと全く変わらない。こういう技術は一度完成されると、なかなか変化しないらしい。

「今日は川魚が食べられるよ、リュウ」

「いいねえ。しかし、平和だな。国が滅亡寸前って話は、どうなったんだろ」

「河龍は来る時は来るし、来ない時は来ないものだよ。工事が進んで何よりじゃないか……」

スーの目は、川べりで止まった。俺も視線の先を追う。石にポツポツと黒い斑点（はんてん）が現われていた。

「雨か」

いつの間にか空を灰色の雲が覆っていた。あたり一面から雨粒の音が響き始める。俺はスーに聞く。

「すぐ止むかな」

「どうだろう。強くなりそうにはないけれど」

雨粒は小さく、まばらだった。どうにも心配で、俺は大きな岩によじ登り、背伸びして川の向こう側を窺った。

目の前には、ため息が出るほどの壮観が広がっている。

二重の土壁で挟んだ中に、放水路がある。溝の幅は八車線の道路ほど、深さは二階建ての家を放り込んだら、屋根がちょっと飛び出すくらい。それが整然と、真っ直ぐ、森や原野を穿って延びているのだ。端から端まで歩けば小一時間はかかるだろう。

うーむ、美しい。

俺たちが一から掘ったのだ。進捗はまだ半分ほどで、川と繋がってもいない。完成したらどんな光景になるか、今から楽しみだ。

俺は、昨日作業したあたりが気になっていた。やけに脆く、粉っぽい土だった。壁がぼろぼろ崩れるので、何度もスコップで叩き、その上から石を並べて整えたが、不安は残る。雨でぬかるんだらどうなるだろう。もう少し補強しておくべきなんじゃないか。

「なかなか止まないね。陣に戻ろう、リュウ」

スーはそう言ったが、俺は首を横に振った。

「ちょっと、壁を見に行かないか」

「え？　でも……」

「少しだけだから。せっかく掘ったところ、台無しにされたくないんだよ。スーもそうだろ？」

逡巡するスーをなだめすかして、二人で放水路の方へと歩き出した。

雨はまだ止まない。少し、強くなっている。


現場には、すでに班の仲間が何人も集まっていた。

「おい、何やってるんだ、お前ら」

みなは目を丸くして振り返ると、げらげら笑った。

「リュウ副長こそ、何でここに来てるんですか」

「ちょっと、壁が心配だったんだよ」

「俺たちもです。愛着湧きますよね」

考えることは同じか。俺は苦笑いしつつ、作業に加わった。土を詰めた竹籠を、バケツリレーのようにして壁に重ねていく。スーは不安げに空を見つめていた。空の灰色はだんだん深まっている。

「大丈夫だよな」

俺が聞くと、スーは濡れた前髪をかき上げて頷く。

「まだ、これくらいなら……たぶん」

雨が降ったら山頂に設けた避難所に移動し、その日の作業は中止すること、と決められていた。初めのうちは守っていたのだが、小雨などしょっちゅう降る。そのたびに遠くまで歩いて避難するのは面倒だし、何より早く工事を進めたい。次第に、形だけのルールとなっていた。

だが、油断していたつもりはない。

作業しながら、時折俺は顔を上げて聞く。

「おい、川の流量は？」

「変わりなしでーす」

仲間の一人に、木の上から川を見張らせていた。

「ちょっと泡立っているように見えますが……それだけです。問題ありません」

「よし」

俺は頷き、みなに言った。

「あと少し、ここの一列だけ積んだら戻ろう」

「たった一列ですか」

「万が一ってこともある。それにヤオに怒られるからな」

みなはしぶしぶ頷いた。

「おっと」

溝の底あたりで作業していた一人が足を滑らせた。

「おいおい、気をつけろよ」

みなの笑い声は、すぐに沈黙に変わる。俺もしばらく足元を見つめて困惑していた。泥まみれなのだ。それも水をたっぷり含んだ、スムージーみたいな泥が、くるぶしまで覆っている。

「……雨が溜まったのか？」

俺たちはそれぞれ、慌てて足を引き抜いた。

「それにしては早すぎないか。ついさっきまで、なかったぞ」

顔を見合わせていると、陣の方から誰かが走ってくるのが見えた。ヤオだ。雨でびしょ濡れになり、血相を変えて怒鳴っている。

「お前たち、何をしている！」

「ヤオ隊長……」

「早く溝から上がれ、高台に避難するんだ」

「でも、あと一列だけ」

「だめだ。今すぐ中断しろ、道具も全部そこに置いていけ」

白けた空気が漂った。

俺は諦めて、担いでいた竹籠を下ろす。仲間たちもそれに倣ったが、中には躊躇(ちゅうちょ)した者もいた。せっかく重い物をここまで運んできたのに。そう言いたげに、一人の男が顔を上げた時だった。

「おごっ」

そいつが吹き飛び、視界から消えた。

何が起きたのか、理解が追いつかない。血と泥が混じった水が頭に降りかかってきて、背中に怖気が走る。

壁に開いた穴から、水が噴き出していた。迸る水は、まるでできな粉を溶くように土を砕き、どんどん穴を広げている。俺たちがさっきまでひいひい言いながら運んでいた竹籠が、水圧で羽根のごとく舞い上がり、蓄えた土を吐き出しながら空中でばらばらになっていく。

俺は川の方を振り返った。川と溝とを隔てている土壁は、依然として健在だ。ならこの水はどこから来たのか。

「川は繋がってるんだ。地下まで！」

ヤオが叫んだ。

溝の壁が次々に崩れる。何かのショーが始まったかのように、そこら中から水が吹き上がった。

俺は呆然と立ち尽くしていた。右からも左からも、泥水が流れてくる。俺たちは包囲されている。それは不気味な光景だった。

「早く、上がれ、上がれっ」

泣きながら逃げ惑う者。腰が抜け、その場にへたり込んでしまう者。溝から這い上がろうともがけばもがくほど、押し寄せる泥と蠢く地面に手足を取られ、やがてすっかり沈んでしまう者。

水が噴き出すたび、次々に人が空中に放り投げられる。遠くなっていく悲鳴。岩に叩きつけられたか、それとも水圧でねじ切られたか、肩から先の腕だけがべしゃっと目の前に落ちてきた。黄色い水がみるみるうちに視界を埋めていく。泡立つ音は、まるで何かの笑い声のように聞こえた。

――こんなドブが、役に立つとでも思ったのか？

愚かで卑小な人間を、巨大な何かがあざ笑っている。

罠だ。俺たちは、罠にかかった。

「河龍だ！　河龍の、口の中だァ！」

誰かが叫んでいる。ああ、そうだ。鋭い水圧の刃は、牙。足元を覆う泥は、唾液。俺たちが硬い地面だと思い込んでいたものは、河龍の舌だった。何百人もの人間が、毎日毎日必死に掘った巨大な溝を、その人間ごと、たったの一息で飲み込んでしまう――

「しっかりしろ、リュウ！」

ヤオが俺の手を握り、引っ張った。ようやく我に返り、俺はヤオに促されて高台へと走った。

世界に現実味がない。足元がふわふわ、頼りなく感じられた。背中にはびっしりと冷たい汗をかいている。

蟻は、いたずらっ子にコップに閉じ込められた時、何を思うのだろう。ほとんどはオロオロするだけだろうが、中には賢いやつもいて、人間という桁外れに大きな生き物の存在に気づいたりもするのだろうか。

今、俺は悟ってしまった。理屈じゃなくて感覚だ。人間を蟻のように見ている、大きな何かがいる。ただの水ではありえない、怪物。

俺は河龍を見た――

ヤオが走りながら叫んでいる。

「リュウ、確かに雨は弱いが、風向きを考えろ。雲は西から東に向かっている。つまり上流で、もっと強い雨が降ったあとなんだ」

河龍に、大好物の餌が与えられた。

「川は氾濫している。表面に現われなくても、地下の川は荒れ狂っているんだ」

川面に見えたのは、河龍の背、その鱗だけ。狡猾にも相手は地面の下から、俺たちを狙っていた。

「リュウ、ヤオ、こっちだ！」

進む先の高台では、スーが叫び、手を振っている。

「今そっちに行く」

ヤオが肩を貸してくれた。二人で泥をかき分け、重い足を動かして、スーの方へと向かう。だが心の奥では、諦めが広がりつつあった。

だめだ。あんな怪物から、逃げられっこない。俺はここで死ぬんだ……。

そんな予感を証明するかのように、足元が激しく揺れた。周りの木がぐらつき、次々に倒れては俺たちの行く手を塞ぐ。そうしておいてから、河龍はとどめを刺しにかかった。眼前に泥水が吹き上がる。足が地から離れ、体が浮かぶ。視界が黒く染まり、息ができない。目にも耳にも、口にまで泥が押し入ってきた。

「……リュウ」

声がする。

「リュウ、起きろ。リュウ」

俺は死んだのか。

「大丈夫だ。ほら触ってみろ、腕も足もちゃんとついてるよ」

顔を何かが引っ掻(か)いている。ヤオの指だった。柔らかくて温かいその手が、俺の顔から泥を拭い取っているのだ。恐る恐る両目を開けると、すぐそこに泥だらけのヤオの顔があった。

笑っている。

初めて会った時のように目はぎらぎらと光り、濃い茶色の髪は癖がついて獅子の鬣のように跳ねている。

あたりは見渡す限り、ぬかるんだ泥だ。俺もヤオも肩まで沈んで、かろうじて浮いていた。俺たちの放水路はどこにも見えない。木の枝が泥から突き出しているのを見ると、大量の泥の下に、跡形もなく埋まってしまったらしい。何か言おうとして、咳き込んだ。口の中が土の味でいっぱいだ。

「どうってことないさ。また掘ればいい」

　ヤオがけろりとして言った。

「さあ早く泳いで、スーの方まで行くんだ。今は収まってるが、いつまた泥水が押し寄せてくるかわからない。な、一人で行けるだろ。昔、俺が泳ぎを教えてやったもんな」

「一人で……？」

「ああ、俺はここに留まる」

「どうしてだよ、ヤオ」

　ヤオは少年のように、にこっと歯を見せて笑った。その顔色は青白い。

「腰から下がないんだ」

　俺は息を呑む。よく見ればヤオの呼吸は浅く、歯は時折かちかちと鳴っていた。

「枝に挟まれたところを、持ってかれた。でも良かったよ、手が残ってて。お前の顔を拭えたからさ」

「なんで……」

　俺はヤオの手を掴む。声が震えた。喉の奥が、痙攣（けいれん）した。

「ん？」

　優しい目で俺を見つめるヤオに、思わず叫んだ。

「なんで、そんな平気な顔してるんだよ！」

　ヤオはしばし目を閉じた。

「そうだな、不思議だな。俺、怖くないんだ。死ぬのも怖くない。河龍も、怖くない」

「どうしてだよ。俺は河龍が怖い。怖くてたまらない。ただの水だなんて、思えなくなったよ。なのにヤオ、お前は……」

「お前たちのおかげだよ、リュウ」

「俺が……？」

「前の討伐隊を思い出すよ。クン隊長……スーの父親は、臆病な人だった。方針を巡ってよく言い合いになったっけ。だけど夜中に水が襲って、陣が壊滅した時……逃げ遅れた俺を、命がけで救ってくれたのはクン隊長だった」

　ヤオの声は弱々しくなっていく。握った手は冷たくなっていく。

「クン隊長の気持ち、今はよくわかる。想いを継ぐ者がいれば、人は死すら怖くない。人間は時を超えて意思を紡ぐ生き物なんだ。それに比べりゃ、河龍なんて……ただの、水さ」

　痙攣しながらも、ヤオは俺の手を振り払った。

「さ、リュウ。行くんだ」

「だけど」

　ヤオは満面の笑みで俺を黙らせた。大丈夫。全部、わかっているよ。有無を言わせぬ顔だった。

「覚えてるか？　泳ぎ方。まずは体の力を抜いて。足を真っ直ぐ伸ばして……ゆっくり縮めて」

泳ぎ出す俺に、ヤオが囁く。リュウの体には確かに、彼に泳ぎを習った覚えがあるのだろう。少年の頃、まだ洪水に村が襲われる前に。鶴が舞い、猿が鳴く、山間の澄み切った川で。

「伸ばして、また縮める。慌てないで。そう、また伸ばして……」

彼の合図がどこか懐かしく体に染み渡る。足が自然と動く。俺はヤオの元を離れ、岸辺で憔悴した顔をこちらに向けている、スーの元へと泳いでいく。重い泥が俺の体にこびりつき、行く手を阻んだが、それでも少しずつ体は前に進んだ。

「リュウ。スー。人間の力を、信じろ」

はっきりとした声に振り返る。

ヤオの姿はどこにもなかった。黄色い泥の表面で、微かな泡が立っているだけだった。

一週間が過ぎる頃、ようやく水は引いていった。

かつての陣も、掘り進めた放水路も、竹籠作りの作業場も、鍛冶場も、何もかもが無に帰した。高台に新しく構えた陣から見渡せるのは、どこまでいっても黄色い乾いた泥ばかり。あちこちに気泡の跡らしい小さな穴が開き、木の枝だの動物の骨だのが飛び出している。生ゴミに似た異臭が漂い、蠅がたかっている。地獄のような光景だ。

作業は振り出しに戻った。いや、それどころかマイナスだ。

隊長のヤオをはじめとして、五十人もの兵士が泥の下に消えた。たくさんの道具や、鶴嘴に改造してもらった俺の大戈もだ。

もう、誰も仕事をしていない。

指揮を執る者はおらず、士気も潰えていた。討伐隊はただ漫然とその日を過ごし、腹が減ったら残った食材をかき集めて食い、夜になれば寝るだけ。誰もが打ちひしがれていた。いつかの活気が嘘のよう。

俺は自分の陣幕の中で、ずっと座り込んでいた。

薄暗くて狭い、ここが一番落ち着く。時々出て行って水を飲み、あとはぼうっと時間が過ぎるのを待つ。みんなに合わせる顔がなかった。

俺のせいだ。俺が無茶をしなければ、みんなを決まり通りに避難させていれば、あんなことにはならなかった。

こんな俺よりも、ヤオが生き残るべきだったのに。

「リュウ？　入るよ」

囁くような声がして、陣幕がそっと開かれる。椀を手にしたスーが、心配そうに俺を見ていた。

「今日も何も口に入れてないだろ。少しは食べないと。食いしん坊のお前が」

「うっ、うっ……」

何か言い返そうとしても、嗚咽と一緒に涙が溢れてきて、言葉にならない。スープらしき香りが漂ってきたが、食欲はないし、どうせ吐いてしまうだろう。飯を食うなんて、許されない気分だった。

堪えても堪えても、唇が震える。口の中に涙が次から次へと入ってくる。塩辛い味に、喉が焼けそうだった。

「……リュウ、聞いて欲しい。いつまでもこうしているわけにはいかないよ。ヤオがいない以上、副長の僕たちが決断するしかない」

耳の奥ががんがん鳴っていて、よく聞こえない。俯いて泣き続ける俺に、スーは遠慮がちに続けた。

「もう無理だよ。ヤオなしには戦えない。僕は、すっかり心が折れた……リュウもそうだろう？　やっぱり河龍をただの水として扱うなんて、最初から間違っていたんだ。あんな偉大な生命体に、人間ができることなんて、ない。残念だけど……僕たちは負けたんだ」

スーはしばし黙り込んだ。そして、思い切ったように顔を上げ、言った。

「もう、帰ろう。討伐隊は解散だ」

もう、帰ろう……。

頭の中で、その言葉だけが繰り返し響いた。

左の手を見る。そこには指輪がある。

見つめていると、もう一人の俺が囁きかけてくる気がした。ゲーム機に囲まれた部屋で、スナック菓子を手にした俺が言っている。帰ろう、と。

なあ、そうだろ？　隆太。現代日本に帰ろうや。そもそもゲーム感覚で、楽しい思いをしに来たはずだろ。

「確かに、最初はそうだったな」

なのにこりゃ何だよ、いつのまにか朝から晩まで、泥だらけになって土掘ってさ。話が違うじゃん。お前らしくないぜ、隆太。そういうの、一番嫌いだったはずだろ？

「そうだよ。その通りだ」

こんな地味な仕事じゃなくてさ。スカッと景気よくモンスターを倒して、英雄になる。やりたかったのはそういうことじゃん。

「ほんと、そう思う」

気まぐれもここまでにしようぜ、アホらしい。元の世界に戻ろう。そして何もかも忘れて、新しいゲームでも……。

「そうだよな」

認めると、思わず口元がゆるんだ。ようやく胸の奥のつかえが取れて、息ができる気がした。半笑いで言う。

「うん、そうだ。そうすりゃいいんだよ。パアッと忘れて……」

俺は拳を、地面に叩きつけた。

「くそっ！」

食いしばった歯が、ぎりぎりと鳴る。熱い涙が、ぽたぽた落ちる。

「そうだよ、そう思ってたよ！　こんなのかっこ悪い仕事だと思ってたよ。でも、でも、今帰るのは、もっとかっこ悪いだろうよ、ちくしょう！」

突然叫びだした俺に、スーが絶句している。彼に向かって、俺はまくしたてた。

「だめだ、スー。ここで帰ったら、俺たちは一生ヤオに顔向けできない。だって、ヤオは俺たちに託して死んでいったんだから」

困ったように目を瞬かせるスー。

「だけどリュウ、ヤオはあまりに特別だった。河龍を水だと考えられるのも、ヤオがいたから。僕たちにはとても……」

「違う！」

スーの両肩を俺は掴む。

「河龍が水だとか、生き物だとか、そんなのはどっちでもいい。ヤオが言いたかったことは、受け継いで欲しかったものは、きっと一つだけなんだ」

「一つ？」

「最後に言ってた。『人間の力を信じろ』と」

「人間の、力を……」

「ヤオは、俺やスーの力を信じて、死んでいったんだ」

スーは口ごもった。ばつが悪そうに俯いてから、また顔を上げる。わななく唇で、震える声で言った。

「僕たちに……できるのかな」

　スーは涙ぐんでいた。気持ちは痛いほどわかる。俺も同じだ。怖い。怖くてたまらない。だから俺は、自分にも言い聞かせるようにゆっくりと口にした。

「できる」

「信じられるの？」

「自分では正直、わからない。でもヤオは信じたんだ。あのヤオが、俺たちを信じた。だから、きっとできる」

　まだ、スーはもごもごと口の中で何か繰り返している。

「だけど。河龍を相手取るなんて。絶対、人には」

「考えよう。人間の力を信じながら、巨大な生き物と向き合う方法があるはずだ、何かきっと……」

　スーはぽかんと口を開いた。その目が宙を見つめ、微かに動く。そして、呆けたように呟いた。

「あ。そうか」

「え？」

「そうだ……リュウ、君の言う通りだ。人間の力を信じて、同時に河龍も生き物だと信じればいいんだよ。どうしてその二つが両立しないと、僕は思い込んでいたんだろう」

スーはもう、泣いてはいなかった。

「リュウ」

「何だよ、スー」

「本当に帰らなくていいんだね」

俺は唾を飲み込む。息を吸って、吐いて、頷いた。

「何か思いついたのか」

「うん」

スーは俺の手を取る。俺たちは立ち上がる。

「よし、やろう」

二人の声が揃った。


その瞬間から、俺たちはもう一度動き出した。

隊長の仕事を半分ずつ、分け合う。現場の総監督が俺。作戦の立案がスー。前線隊長と作戦参謀といったところか。思えば副長だった時は、ほとんどヤオに言われたとおり動いていただけ。おんぶにだっこもいいところだった。いまさら、責任の重さに震えそうになるが、ここまで来たらやるしかない。

腹をくくったスーの行動は、別人のように果敢で、素早かった。焚きつけた俺の方が、たじろいだほどである。

兵士たちを集め、スーは説明する。
「いいかい、どんな生き物にも『道』があるんだよ」
大きな切り株を踏み台にして、みんなを見渡すスー。ヤオと違ってその声は淡々として
いて、身振り手振りも少なかったが、目には確かに炎が宿っていた。
「よく観察しているとわかるんだ。鳥は自由に飛んでいるようだけど、実は特定の道に沿
って飛んでいる。道は上空の風や、雲の量、太陽の高さなどから決まっているようだ。魚
もそう、獣もそう、みんなそうなんだ。生き物である以上、自然の法則と、それによって
決まる『道』には逆らえない……河龍も同じはずだ」
スーの思いついた作戦を聞いているうち、俺もふつふつとやる気が漲ってきた。これな
ら、行ける。
「これまでの河龍の行動を整理してみたんだよ。すると河龍の好む道筋が浮かび上がって
くるんだ。一概に低い方に向かっているわけじゃない。この陶片を見てくれ」
スーは割れた壺の欠片を掲げた。そこにはこの辺一帯の地図が、墨で描かれている。二
人で山に登り、苦労して作ったものだ。
「河龍はおおむね八つに分かれて、西から東へと行きたがっている。見ての通り、ぐねぐ
ねとねじれた支流もあれば、直線的な支流もある。きっと土の状態や、地下の岩の形によ
ってこういう『道』が決まってくるんだろうね。さて、僕たちはこれから放水路を掘るわ
けだけど……前のように、単純に村の反対側に向かって掘るようなことはしない。この

『道』に沿って掘るんだ」

　兵士たちがざわつく。収まるのを待ってから、スーは続けた。

「つまり河龍が襲いかかってきたら、流れに逆らわず、行きたい方向に行かせてやるんだよ。河龍の通り道を避けて、僕たちは畑や村を作ればいい。河龍は楽に移動できるし、僕たちは被害を受けずに済むわけだ。いいかい、僕たちが目指すのは、河龍の征服じゃない。河龍と共に生きる。共存していくんだ。僕は、倒すよりもずっと現実的な案だと思ってる」

　兵士たちの顔色が変わった。それならできるかもしれない。青白かった頬に赤みが差し、その目に輝きが戻る。討伐隊は、息を吹き返した。


　翌日。

　俺たち前線部隊は総出で、あたりの泥を掘り起こしていった。ほとんどの者が素手だ。たまに泥の中から道具が出てくると、それを手にして、また掘っていく。壊れた道具なら直して使う。木や、石の塊が出てくれば、それも使う。贅沢は言っていられない。石は割れば立派な石器になるし、木だって手よりは頑丈だ。

「道具は、貸し合って使うように！　誰かが指を怪我したら、その分全体の作業が遅れることになるんだからね。自分だけ良ければいい、なんて考えるなよ」

　俺は声を張り上げて、みんなに言ってまわる。

「あ、こら。そこ！」

あいつだ。俺の戈持ちの兵士が素手で土を掘っている。急いで駆けつけて、注意した。

「おいおいおい、何やってんだお前」

「リュウ副長。あ、いや、前線隊長でしたか……何か？」

首を傾げる彼の手を取り、俺は言った。

「何かじゃないよ、ぼろぼろじゃないか！　あかぎれに切り傷、ほら、爪も剥がれかけてる。もう今日は休め。いいか、無理は絶対、だめ。お前は貴重な戦力なんだ。自分でも他人でも、誰かの怪我は全員の損失と思ってくれないと」

唖然として俺を見つめる兵士。

「何だよ。文句あるなら言ってみろよ。聞いてやるから」

「いえ……リュウ前線隊長。変わりましたね」

「何だよそりゃ」

部隊には活気が戻ってきた。

一方のスーたちは、陣の中で工事計画に力を注いでいた。

「綿密に計画を立てたいんだ。これを見てくれ」

スーに促されて、男たちが布を取り払う。木枠で囲われた、大きな砂場のようなものが現われた。

「このあたりの地形模型だよ」

その精巧さに、俺は目を見張った。山の凹凸などは真に迫り、小枝が木の代わりに植えられている徹底ぶり。芸術品のよう。これほどの模型を数日で作ってしまうなんて、器用な兵士が隊にいたものだ。

「スー作戦参謀、まずはどれくらいから？」

「うん、甕三つ分で」

「承知しました、流します」

男が三人がかりで、西側の谷から水甕を傾けた。模型の中に水が流れ込んでいく。みるみるうちに川が溢れ、山は崩れ、模型はただの泥溜まりに成り果てていく。ちょっと勿体ない。兵士たちから感嘆の息が漏れた。

「凄い。上から見ると、こんな風になっていたのか」

スーは頷き、長い棒で模型のあちこちを指した。

「これは、前々回の襲撃を模してみたんだ。当時の僕たちの陣がこのあたりだね。見ての通り、ここの流れが谷から溢れて、あたりをぐちゃぐちゃにしている。だからここからこっちへ……放水路を掘って、水の流れを逃がす」

兵士たちも考え込みながら、それぞれに意見を言った。

「ここの水路は一本にするよりも、三本くらいに分散させた方が良いのでは？」

「河龍は、東の沼に向かっています。しかし水が全てそこに注ぎ込んだら、溢れるでしょう。余裕を持ってもう一つ、人工的な沼を作った方が」

スーは頷く。

「どちらの案も検討に値するね。それからこのあたりの流れ、実際にはもっと不規則だった。たぶん、模型で再現できていない地下の流れがあるな。水量を十段階にわけて検討したい。ええと、だから……三つの案を、それぞれ水量十段階として、三十個か。できる？」

「五日、いや、三日で作りますよ」

顔を向けられた兵士たちが頷いた。俺は思わず聞く。

「ちょ、ちょっと待て、全部のパターンを模型で検討するのか？　これ一つ作るのだって大変な手間だろうに」

スーは苦笑する。

「でも、やった方がいいよね。計画が完成するまで、まだまだ作ると思うよ」

兵士たちも、ちっとも弱気になっていなかった。

「任せてくださいよ。俺、こういうの作るの好きなんです」

「土掘るよりも向いてますから」

スーは俺を見て、にっと笑う。それから棒で地形を示して続けた。

「どちらにしても、このあたりは必ず掘るはずなんだ。リュウ、まずはそこから手をつけてくれるかな」

「……わかった」

「計画は僕が完璧にするから。そっちは頼んだよ」

言われるまでもないよ。

掘る、掘る、掘る。朝から晩まで掘る。

少しずつ道具も増え、みなの手に行き渡り、効率は上がってきた。誰かが余った青銅をいくつか潰して、俺専用の大戈、じゃなくて大鶴嘴も作ってくれた。これがまた、よく土が掘れるのだ。

スーはひたすらに実験を繰り返していた。何百という模型を水と土の塊に変えながら、どこにどう水路を作るか、考え続ける。また、少しでも時間が空けば山に向かっていた。登れる山には全て登り、地形や川の形を調べるのだ。スーの靴はぼろぼろで、肌は日焼けして真っ黒、そして足だけが筋肉質になっていた。遠くから見て、すぐに彼だとわかるほど。

その執念は、時として変人の域に達していたかもしれない。

「何してんだよ、スー」

俺は串焼き肉をかじりながら、足元を見た。スーが地べたに這いつくばっている。

「観察してるんだ。参考になるかもしれない」

「ミミズじゃ参考にはならないだろ」

「そんなことはないよ。ほら、体をくねらせて動いている」

緩慢に土に潜ろうとするミミズの一挙手一投足を、スーはじっと見つめていた。

「河龍にも同じような仕組みがあるとしたら、水路の形にも検討の余地が……あ！」

横から飛び出してきた鶏が、素早くミミズを拾い上げ、飲みこんでしまった。

「おっと、スー作戦参謀、すみません。今日はこいつでスープを作ります」

走ってきた料理長が、鶏を拾い上げる。

「あれ。スー作戦参謀？」

スーは頬を地につけて寝っ転がったまま、呆然としている。

「鶏……お嫌いですか」

「嫌いじゃないけど……ミミズが……」

「ミミズのスープがいいんですか」

「スープよりもミミズを持ってこい！」

俺たちは慌てて二人を引き離した。スーは普段は穏やかなくせに、何かのスイッチが入ると突然ややこしくなる。

月日が過ぎていく。

ヤオがいた時と同じか、それ以上に充実した日々。一日一日に、俺たちは命を燃やしていった。

「放水路の数は、結局八本でいいのか」

高台からあたりを見下ろして、俺はスーに確かめる。

「うん。三本を主にして、残り五本は必要に応じて使う」

「全部を最初から開いておくわけじゃないんだな」

スーは頷いた。

「水門を設けるんだ。設計図を見てくれ。石で門を作り、左右を木の車で挟んで、縄で引っ張り上げられるようにしておく。流量がある一定以上になったら、放水路を段階的に開いて、河龍の動きを制御するんだよ」

「何だか複雑だな。パズルゲームみたいだ」

「パズルって何？　とにかく、これで不確定要素にも対応できるはずなんだ。たとえば僕たちがヤオを失った時のような……」

「地下を流れる水が、想定外の悪さをした場合ってことだな」

スー独自のアイデアはたくさん盛り込まれたが、これまでのやり方を全て否定したわけではない。ヤオの考案した仕組みも残しつつ、作戦は洗練されていく。

土に塗れて水路を掘っていると、今日も兵士が質問にやってくる。

「リュウ前線隊長、竹籠はどれくらい作ればいいんでしたっけ」

「作り続けて」

「え？　いや……いくつ作ればいいのかな、と」

「いいから、作り続けて。どうせとんでもない量、必要になるから。石を目一杯詰めて、底に沈めるんだよ。前も言ったたな、これ」

水路にはそれぞれ役割が与えられていた。

文字通り、水を流すための主水路。主水路が溢れそうな時にだけ使う、予備路。水門切り替えの時間を稼ぐための小水路、一時的に水を蓄える池、など。役割によって形や、構造も変わってくる。この水路の底にはびっしりと竹籠を沈めておく。こっちの水路はとにかく頑丈に作る。こっちの水路はあえて、特定の方向にだけ崩れる余地を残しておく、など。無数の知恵と工夫が凝らされて、完成に近づいていく水路群は、さながら一つの要塞であった。

「春までにここからここまで、形にしたいんだ」

夕食時、スーは兵士たちと必ずコミュニケーションを取った。スケジュールを説明し、予定がどれくらい遅れているかをみんなに伝え、取り戻すにはどうしたらいいかを話し合った。

「そのスケジュール、どうやって作ったんだよ」

酒を飲みながらスーに聞いたら、こんなことを言っていた。

「河龍がいつ、どんな時に現われたか、あちこちの村で聞いて回ったんだ。山登りのついでにね。すると一定の法則が見えてきた。たとえば夏の終わりには必ず襲撃があるとか。多少の例外はあるけれど、襲ってくる時期の見当がつけば、あとは逆算するだけだよ」

スーは寝床の裏を顎で示した。そこにはおびただしい量の陶片が積まれている。全て、河龍が襲ってきた日付や、場所のデータなのだという。

「お前ってほんと、まめな性格なんだな……」

「一度始めると、凝り性ではあるね」

スー自らが村を訪れて回ったことで、思わぬ効果もあった。自分にも手伝わせてくれ、と志願する者が後を絶たないのだ。噂を聞いて、わざわざ遠くから訪ねてきた若者もいた。俺は彼らに作戦を説明し、道具を与え、肩を並べて土を掘る。春になる頃には、河龍討伐隊の人数は五百人あまりに膨らんでいた。まさか前より多くなるなんて。ヤオが生きていたら、何と言うだろう。

増えた人手にも助けられ、高台から見下ろす景色は、日に日に変化していった。八本の巨大で荘厳な放水路が、川沿いの大地に刻まれていく。それはさながら八ッ叉(また)の龍。人工の龍が大自然の龍を迎え撃つ日は着々と近づいていた。

そしてまた、夏の終わりがやってくる。

うだるような暑苦しい日だった。

日が傾き、そろそろ今日の作業も終えようかという頃、ぽつんと小さな水滴が足元に落ち、土に染みこんでいった。

「雨か。涼しくなって助かるな」

「いつの間にか雲が出てらあ」

土を運びながら、仲間たちが軽口を叩いている。俺は大鶴嘴を下ろすと、みなを窘(たしな)めた。

「油断しちゃだめだぞ。さ、急いで水門担当は位置について。それ以外の者は、高台に避難するんだ」

最近入隊したばかりの者は不思議そうに首を傾げたが、班長たちは慣れたもの。

「わかってますよ、リュウ前線隊長。小雨でも甘く見るな、ですよね」

「そういうこと」

すぐさま道具をまとめ、引き上げにかかる。

「あ、これも頼む」

彼らに自分の大鶴嘴を預け、俺は急いで望楼へと向かった。谷に向かって張り出た岩を利用して建てられた、木造の見張り台である。ぎしぎしと鳴る梯子を四階分、登っていく。

初めは恐ろしかったが、いつの間にか平気になった。

「おいスー、そんなに乗り出すと落ちるぞ」

「うん……」

頂上では、スーが手すりに寄りかかるようにして西方に目を凝らしている。俺ははっと息を呑んだ。遥か先、黒い雲が色濃く西の山を覆っていた。時折稲光が走っている。

「荒れてる」

スーがぽつりと言う。

そして、柱に書き込まれた文字を指で追い始めた。ここには陶片もいくつか置いてあるのだが、スペースが足りないのだろう、手すりにも床にも柱にも、スーが墨で何やらびっしり書き込んでいるのだ。

「三日前の雲がこれだから……二日前は……うん。だとすると」

スーはしばらく独り言を続けてから、ふいに俺を振り返った。

「リュウ。今日は、来るかもしれない」

ついにか。喉の奥がひりつく。俺は一つ息を吐いて、頷いた。

「練習の通り、やるだけだ」

「うん……そうだね」

スーの顔は青ざめていた。顎や頬から生えた無精髭が、風に揺れている。

「怖いのか？」

「うん」

スーは否定しなかった。西では雷の音が轟いている。望楼（ぼうろう）にいると、体中を揺すぶられているようだ。ややあって、細かい雨がさあっと音を立てて降り始めた。赤紫の空はどんよりと曇り、あたりに不穏な空気が立ちこめていく。

俺は望楼から水路を見下ろした。

各水門のそばには、担当の部隊が控えている。それぞれ人数は三十人前後、いずれも選び抜かれた屈強な男たちだ。そして同じ釜の飯、じゃない、同じ鼎（かなえ）で炊いた飯を食べた仲間でもある。革兜に赤い羽根を差した班長は、時折顔を上げて望楼の様子を窺いつつ、待機している。顔には緊張が見て取れ、その背は雨に濡れていた。

彼らは小さな土壁の陰に隠れているだけで、ここから見ればあまりにもちっぽけな存在だった。俺たちが河龍の力を少しでも読み違えれば、瞬時に泥水に呑まれ、引き裂かれる運命だろう。

いや、俺たちだって同じだ。数十分後には、この望楼ごと粉々にされているかもしれない。

薄暗くなってきた。空気が震え、彼方から音が聞こえてくる。間違いない、唸るような河龍の吠え声だ。山を、森を、一息に噛み砕きながら迫ってくる。

スーが立ち上がった。

俺は望楼に控えている兵士たちの顔を見る。みな息を浅くしながら、それでも前を見据えて歯を食いしばっていた。

「水門、用意」

スーの声は震え、少し裏返っていた。命令に従い、望楼の鐘が打ち鳴らされる。スタンバイの合図である。眼下では各水門に男たちがむらがり、巨大な石作りの門から伸びる縄を、引き出して握った。綱引きの競技前のようだ。

雨風が強くなってきた。叩きつけるように降る雨の中、俺は川上に目を凝らした。

「来たぞォ！」

谷間が爆発するように、真っ黒の泥水が噴き出した。みるみるうちに谷が削られ、木々がなぎ倒されていく。大地が引き裂かれる悍ましい音が、あたりに響き渡る。だが、それに負けないほどの大声が、兵士たちが避難している高台から上がった。

「頼むぞ、水門班！」

「みんな頑張れ！」

心臓がばくばくと鳴っている。

猛烈な勢いで吹き上がった水は滝のように落ちてきた。その背後からまた水が吹き上がり、また落ち、また吹き上がる。水は、まさしく大蛇のごとく縦にうねりながら、凄まじい速さで突き進んできた。風圧だけで望楼が揺すられ、俺たちは振り落とされないよう、必死に手すりに掴まらねばならなかった。

「まだですか」

上ずった兵士の声。

「まだ」

スーは両手で手すりにしがみつき、なおも身を乗り出している。歯を食いしばり、瞬き一つせずに正面を睨んでいる。今にも河龍の顎（あぎと）が、先頭の水門に食らいつきそうだ。

「まだですか……まだですか」

「まだだ」

つい先刻までと打って変わって、川の流れはぞっとするほど速まり、川幅は数倍に膨らんでいる。河原に置かれていた壺が、水に飲み込まれて瞬時に消えた。望楼がみしみし軋み、床が斜めに傾いていく。土台の岩が押されているのだ。

「まだですか！」

兵士の声は、ほとんど悲鳴に近かった。

目の前に白い飛沫が飛び散った。積まれた竹籠と、石で作られた第一防壁に水の塊が激突したのだ。

スーが振り返り、大声で叫んだ。

「一番、三番。開門！」

待ってましたとばかり、兵士が合図の鐘を打ち鳴らす。同時に伝令が二組、豪雨の中を飛び出していった。二重の構えであったが、無事に鐘の合図は届いたようだ。男たちが掛け声を合わせ、縄を引く。木の車が回り、巨大な水門が持ち上がると、空っぽの水路に、どうどうと音を立てて水がなだれ込む。

入った。

俺は思わず拳を握った。巨大な河龍は、二つの放水路にそれぞれ食い込んで、三本の流れへと分かたれた。それぞれ背筋に寒気が走るほどの激流だ。水路の壁が瞬く間に削られ、竹籠が吹き飛ぶ。だが、ひとまとまりの時ほどの力はない。それぞれの流れは、岸から溢れる手前で水路に抑えこまれ、計算通りに東へと導かれていく。

「いける、いけるぞ」

俺は叫ぶ。その時だった。

渦を巻く流れと流れがぶつかり合い、みるみるうちに三角波になって持ち上がると、ふらふらと揺れながら落ちてくる。凄まじい音と共に、水の塊は地面に叩きつけられた。

「ぎゃあああっ」

悲鳴が上がる。一番水門班の何人かが、蟻のように潰されるのが見えた。何人かは水に呑まれ、何人かは空中に吹き上げられていく。

スーが歯を食いしばる音がここまで聞こえた。

「六番、開門！」

それでも鬼気迫る表情で、彼は指揮を続ける。鐘が鳴り、伝令が走り出す。その直後、俺は三角波がすぐそばで立ち上がるのを見た。小さな山ほどの量の水が、まるで重力などないかのようにふわりと浮かぶと、望楼めがけて降り注ぐ。

龍がそのかぎ爪を振るうように。

「危ないっ」

俺は飛び出し、片手にスーを抱きかかえた。その瞬間、冷たい水が全身を襲う。岩や土が混ざっているのだろう、何度も何度も体中を鈍器で殴られるようだった。必死にもう片方の手で柱を握りしめ、押し流されないよう、こらえた。息ができない。だから何だ。もう少し、もう少しだけ我慢しろ。

水が流れ去った時、望楼は半壊していた。階下の梯子はもぎ取られ、床も半分しか残っていない。建物全体が頼りなく揺れ、木が軋む音がした。だが、まだ自立している。全身ずぶ濡れになりながら、兵士たちも何人かしがみついていた。スーは額から流れる血を拭うと、俺の手を振り払い、即座に放水路の方を睨む。指揮を続けるつもりだ。むせかえりながら叫ぶ。

「次は八番を開門だ。急げ」

だが、鐘の音がない。

「どうした、八番、早く……」

兵士は打ち棒を振り上げて、そのまま呆けた顔をしていた。俺とスーは振り返り、すぐに理解した。

鐘がない。吊られていた柱が跡形もなくなっていた。予備も含めて三つも用意しておいたのに、全て持って行かれた。

「俺が行く！」

叫ぶなり、俺は走り出していた。望楼の隅から縄を垂らし、握って飛び降りる。掌の肉刺（まめ）が擦られて、熱い血が噴き出したが、構ってなどいられない。

「頼むよ、リュウ！」

スーの声と顔が遠ざかっていく。一つ笑ってみせてから、着地。すぐさま八番水門に向かって走り出した。八番放水路は小さいが、三番放水路の負担を軽くするための大事な水路だ。水門を開くのが遅れれば、三番が崩壊する。三番が崩壊すれば水が一気に流れて、一番が崩壊し、それは五番を開門しても補えないだろう。

つまり、全てが壊滅するのだ。

「八番開門だ！　開門ッ」

俺は叫びながら走った。道はびちゃびちゃの水浸し。何度も泥に足を取られながら、そのたびに起き上がり、転がるように駆ける。だが、八番水門には一向に動きがない。何をやっているのかと苛立ちながら辿り着いて、俺は惨状を目の当たりにした。

あたりには兵士の死体がいくつも転がっている。骨ごと千切られた腕や足が、打ち上げられた漂流物のようにへばりついている。班長は、首を根元から折られていた。握る者のない縄が、泥の中に虚しく投げ出されている。

生き残りが数人、半分に削れてしまった土壁の陰にうずくまり、頭を抱えていた。

「しっかりしろ」

俺が駆け寄ると、男が涙と血に塗れた顔をこちらに向ける。

「リュウ前線隊長……」

「何があった。怪我は」

「あ、あっという間だったんです。足元から急に水が噴き出して……みんな次々に、河龍に……」

男は震えていた。年のころは二十代後半くらいだろうか。筋肉質で、よく日焼けしている。だが、幼子のように泣いていた。怯えていた。心底、絶望していた。

見ていると心の奥がじわっと熱くなる。

気づくと俺は、彼を抱きしめていた。

「怖かったろうな。わかる。わかるぞ」

手をいっぱいに広げ、他の生き残りも巻き込んで肩を抱く。冷え切ったその体に、熱を分け与えながら。

「無理です、もう、無理です。あんなとんでもない化け物、とてもかなうわけが……」

「大丈夫だ」

一人一人の目を、俺は真っ直ぐに見つめて言った。

「俺たちはまだやれる——人間の力を、信じろ」

そして俺は立ち上がり、水門の縄を握った。

「さあ、上げるぞ！」

大きく息を吸って、吐く。稲光が走り、豪雨の降り注ぐ中、渾身の力で引いた。心臓がけたたましく拍動する。全身が熱くなり、筋肉の一本一本が収縮する。

息を吸い、また吐く。それを繰り返す。獣のようなうなり声が、腹の奥から轟いてきた。

「無茶です、リュウ前線隊長」

「一人で上げられるはずがありません」

足で大地を踏みしめる。足よ、爪よ、土に食い込め。掌よ、指よ、縄に食い込め。引け。俺の肉、今こそ全力で引け。絶対にこの水門を上げてみせる。

「私も手伝います！」

一人、また一人と立ち上がり、縄に取りつく。前だけを見ていてもわかる。今、少し軽くなった。また少し軽くなった。

そうだ、怖くないぞ。

食いしばった歯が割れそうだ。体中の血管が爆発し、筋肉が千切れそうだ。だが、俺は力を緩めない。上がる。水門は上がるはずだ。

俺の力なんて微々たるもの、それはわかってる。これまでにさんざん思い知らされた。でも、自分の力が信じられなくたっていい。

「スーさんの指示で、応援に来ました！」

「避難している場合じゃないんで。俺もやりますよ」

また少し軽くなる。また少し軽くなる。

信じるのは、自分以外の力だ。人間の力だ。

ヤオがいた。スーがいた。仲間たちがいた。みんな、凄い奴だ。誰一人欠けても、ここまで来られなかった。

「さあみんな、引け。リュウ前線隊長に続け、八番を開くぞ！」

人はそれぞれ違う。優れているやつもいれば、劣ったやつもいる。考え方だって千差万別だ。だけど、想いは一つになれる。誰かの想いを次の者が、バトンのように受け取り受け継ぐ営みの——その一部になることを。

英雄というのではないか。

「上がれ——ッ！」

水門が軽い。もはや、明らかに軽い。俺は感じた。背後でみんなが縄を引いている。一緒に、力を合わせている。その中にはヤオや、先に逝った仲間、あるいはスーの父親も……。

祝杯のように水しぶきが吹き上がった。八番水門が開き、怒濤の勢いで水路に水が流れ込む。みるみるうちに、流れは緩やかになっていった。暴れ狂う濁流が、俺たちが掘った水路の中を整然と進んでいく。歓声が聞こえた。

放水路は、その身に河龍をすっかり受け入れ、呑み込んだ。

俺はその場にへたりこむ。筋肉が痙攣し、立っていられなかった。振り返ると、霞む視界の中、望楼にスーの姿が見えた。

目を真っ赤にしながら笑っているその顔を見て、俺も笑った。

†

どんな世界に行って、何をしているのだろう。

転生していった隆太を、僕はじっと見つめていた。

ビルカが「行ってこい」と体に触れるなり、隆太は目を閉じて棒立ちになった。それから十秒ほどが過ぎただろうか。ビルカが頷き、呟いた。

「……終わったようだぞ、サトル」

「え、もう?」

転生を外から見たのは初めてだけど、こんなに早いのか。

「過去への転生だからな。どれだけ時間を過ごしても戻ってくるのは今、だ」

ビルカの言葉が終わるやいなや、隆太が目を開ける。そして深くため息をついた。

「……はーっ。帰って来ちゃったな」

　どことなく、残念そうな顔をしている。

「お帰り、隆太」

「ただいま」

「ちゃんと僕がわかる？　サトルだけど」

「わかるよ。ところでサトルってのは姓、名、それとも字？」

「何ふざけてるんだよ」

「いや、悪い悪い。向こうの癖でさ」

　大きく伸びをして、隆太はソファに座り込んだ。そのまま呆然と佇んでいる。

「どうだったの、転生は。ドラゴン退治、できたかい」

「……うん。できたよ」

　隆太は微笑む。それにしては、あまり嬉しそうには見えない。

「何か心残りでも？」

「まあね」

　俯いて、ぼそぼそと呟き始めた。

「とりあえずうまくいったけど、まだまだ仕事は山積みだったからさ。放水路の補強とか、望楼の作り直しとか……鐘や梯子の構造も考え直さなくちゃいけない。村や畑の再建だって、やっていかないと」

「よくわからないけど、そういうことならもう少し、向こうで過ごしてきても良かったんじゃないの。どうせ帰ってこられるんだから」

「そうだけどさ」

何を思ったか、隆太は自分の体をぺたぺたと触り始めた。

「だんだん、我慢できなくなってきて。スーには悪いけど、無理言って暇を貰うことにしたんだ」

「我慢できないって、何に？」

「うーん、何だろうな。借り物の体で、積み重ねることに、かな……」

腕や首、足、膨らんだ腹を撫でては苦笑している。

「たるんでんなあ。やっぱりリュウは、相当鍛えてたんだろうな。大したもんだよ、ほんと」

何を言ってるんだろう。顔を見合わせるビルカと僕の前で、隆太はやおら立ち上がった。

「さてと、俺も少しは行動するか」

「え？」

隆太は戸棚を開き、ジャケットを取り出した。ずいぶん使っていないのだろう、皺だらけだ。積もった埃を払って着込むと、財布をポケットに突っ込み、こちらを振り返って言った。

「これから、ちょっと出かけてくる。今日はこれで解散ってことで。勝手で申し訳ない」

「一体、どうしたんだよ」

　こちらの質問には答えず、隆太は慌ただしく準備を終えると、思い出したように左手から指輪を外した。

「そうだ、これ、返さないとな」

　僕が転生の指輪を受け取ると、隆太は笑う。

「ありがとよ、サトル。面白かった。それ、商売になるんじゃないの」

「商売だって？」

「お金を払ってでも転生したい人、いると思う。お前会社辞めたんだろ？　指輪を元手に、起業でもしたらいいじゃん。たぶん食っていけるよ」

　考えもしなかった。

「相変わらず凄いことを思いつくな、隆太は」

「何なら俺、出資してもいいよ。んじゃ行ってくるわ。好きなだけくつろいでっていいから、じゃあね」

　そのままバタバタと慌ただしく足音を立てて、隆太は部屋を出て行ってしまった。階下から、声が聞こえてくる。

「母さーん。父さんって、今どこにいるの。え、また現場？　はー、相変わらずだな。じゃ、タクシー呼んで」

「隆太。あんた、部屋に引きこもってばかりいないで、たまには外へ……え？　外に行くの？」

「そう言ってるじゃん。もういいよ、自分で捕まえるから」

「え、え？　ちょっと」

扉が開き、閉まる音。やがて階段を上ってきた隆太の母親が、途方にくれた顔で僕を見る。どう説明したらいいのか、わからなかった。

†

山奥の空気は清々（すがすが）しかった。

草や石だらけで歩きにくい道を我慢して登っていくと、ちっぽけな背中が見えてきた。親父だ。こんなに小さかったっけ。

「隆太か？」

親父は振り返らない。何かの石碑に向かって頭を下げたままだった。

「現場の人に聞いたら、ここにいるって言うからさ」

「お前、現場に迷惑かけてないだろうな」

「何だよ、いきなり……」

俺は道に飛び出した枝をくぐって、親父の背後に立った。古びた石碑は苔むし、ひび割れて、刻まれた文字はほとんど読めない。だが小綺麗ではあった。

「何の石碑、これ」

「禹王信仰だ。江戸時代のものだろう」

「ウオウ？」

「古代中国の王だよ。四千年くらい前の人だ」

親父はすっかり白くなった髪をかき上げる。

「へえ、こんな山奥に中国の王様？　何か縁があるの」

「治水で名を馳せた名君なんだ。この辺は暴れ川だらけだから、あやかろうとしたんだろうよ。ほら、ここに書いてある。禹王は河を中国で初めて治めた……」

「河って。ざっくりしてんなあ」

「お前、知らないのか」

親父がこっちを振り向いた。

「河とか江とかはな、もともと固有名詞だ。今で言う黄河と長江のことだよ。広大な中国を三分する、二本の巨大河川。それぞれ本州の四倍くらいの長さがある」

そういえばヤオがいつか言っていた。ここには河龍がいて、南には江という名の龍がいるらしい、と。

「それって、龍の名前だったりするの」

「龍だと？」

我ながら突拍子もない質問だった。だが、親父は首を傾げながらも答えてくれた。

「どうだろうな……蛇神信仰とか、龍神信仰は洪水と関係がある、という説は聞く。日本のやまたのおろちも、インドのナーガラージャも、中国の龍も、元を辿ればそういうところに行き着くのかもしれん。ともかく、龍に挑むような大事業だったことは間違いない。何しろコンクリートも、重機も、コンピュータもない。人間の手と足だけで、成し遂げたのだから」

石碑に書かれている文字を、俺は目で追っていく。禹王。姓名、姒文命――俺はひそかな予感を覚えながら聞いた。

「あの名前、なんて読むの」

親父はあっさりと答えてくれた。

「スー・ウェンミン、だな」

思わず口元がほころんだ。

「禹王は十三年もの間、自ら先頭に立って水路を掘り続けたそうだ。とれる作物も増え、夏王朝は大いに栄えたという」

あいつはしっかりやり遂げた。次は、俺の番だ。

「凄い人なんだな」

「ああ。俺たちダム屋にとっちゃ、神様だ」

「でも、同じ人間だろ？」

「……そうだ。同じ人間だ」

親父は頷くと、石碑に背を向けて歩き出した。俺はその後に続く。

「急に電話してきて、現場を見学したいだなんて……最初はふざけてるのかと思ったぞ」

歩いているうちに、視界が開ける。谷が一望のもとに見渡せる。

壮観だった。今まさに河川に打設中の、重力式コンクリートダム。ライトで照らされる中、大型のクレーンや黄色い建設機械たちが音を立てて働いている。張られたケーブルが、安全第一と書かれた黄色いバケツを釣り下げて、運んでいく。コンクリートバケットだ。はるか先の山間までベルトコンベアが伸び、骨材を直接切り出しては運搬している。

「お前が思ってるほど、簡単な仕事じゃないぞ」

親父の隣で俺は頷いた。

「わかってる」


――今回の転生：紀元前約二千百年、中華人民共和国、河南省

第三章　ゆるしがたき病(やまい)

「これでよし、と」

僕は呟き、投稿ボタンを押した。しばらくして登録完了のメッセージが現われる。画面には、ついさっき入力した文字列が並んでいた。

――生まれ変わってみたいと思いませんか。転生斡旋サービス、今ならキャンペーン価格でご提供中です。ご応募はこちらから。

うん、シンプルだけど、一応完成だ。

「何だこりゃ」

一人でマンカラをしていたはずのビルカが、後ろから覗き込んでくる。

「ホームページを作ったんですよ。ここから、転生を望むお客さんが僕のスマートフォンにメッセージを送ったり、電話をかけたりできるんです」

「あの隆太、とかいうやつの話を真に受けたわけか」

「……まあ、そうです。試してみようかなと。何か参考になるかもしれないし、お金も必要ですからね」

ふと気になって、聞いた。

「ビルカさん、ホームページなんてわかるんですか」

「まあな。転生魔法の応用だ。お前たちの頭の中にある概念なら、俺も知ることができる」

「へえ、便利ですね」

僕はスマートフォンを傍らに置いた。

「だめで元々、依頼が来れば儲けもの。のんびり待ちます。さて、マンカラのお相手でもしますよ」

「ルールを知らないんじゃなかったのか」

「こないだ調べました。最初は穴に石を四つずつ入れるんですよね。どっちが先に撒きます？」

ため息をつきつつも、ビルカは満更でもなさそうに座り直すと、こちらを向いた。

「俺に先攻させたら必勝だぞ。お前からやれ」

「わかりました。よーし、勝つぞ」

手先で石を弄び、じゃらっとした感触を楽しんでいた時、スマートフォンから着信音が鳴り響いた。まさか、もう依頼か？　慌てて電話に出ると、向こうから快活に話す声が聞こえてきた。

「お、サトル。どうだ。転生商売、軌道に乗ったか」

隆太だった。

声の後ろでは重機が動くような音がする。現場にいるのだろうか。

「やっとホームページを作ったところだよ」

「そっか、頑張れよ。あのさ、俺からの開業祝い、送っといたから。今日には宅配便で届くと思う。しかし、ホームページなあ。悪いとは言わないけど、そもそも見て貰わないと意味ないじゃん。もっと自分から宣伝した方がいいんじゃないの」

「宣伝と言っても……どうしたらいいんだろう」

「さあな、地道に呼び込みとか、ポスター貼りとか、ティッシュ配りとか？　商売ってそういうもんだろ。待ってるだけじゃ、いい仕事は来ないぜ」

隆太さーん、材木業者さんの件ですけどォ。

電話の向こうで声がする。

「はいはい、今行く。じゃあなサトル、そのうち遊びに行くから」

返事をする間もなく、電話は切れた。

あいつ、転生の後から人が変わったみたいだ。

インターホンが鳴って、ちょうど宅配便がやってきた。玄関で細長い包みを受け取り、開いて中身を取り出して、思わず苦笑する。気持ちはありがたいけれど、あいつ、どういうセンスなんだ。

「これは、あんまり表立って飾らない方がいいかも」

いつの間にかついてきていたビルカが、僕の手元を覗き込む。特注品らしい、真新しい金属製の看板には、しかつめらしい書式でこう書かれている。

「古狩&ビルカ式　転生斡旋所」

ビルカはしばらく考え込むと、首をひねって肩をすくめた。たぶん意見は同じだろう。

「だいぶ、うさんくさい」

†

小鳥の鳴く声で目が覚めた。カーテンの隙間から日の光が差し込んでいる。昨日の雨は止んだようだ。今日は私にも、何かいいことがあるかな……。

体を起こすと、ぱらぱらと小さいものが目の前を舞う。枕を見て、うっと息を呑んだ。お気に入りの枕カバーに、細かい皮膚の欠片がたくさん落ちていた。まるで粉チーズでも撒いたよう。慌てて窓を開けて、外に向かって枕をはたいた。叩いても叩いても、埃と一緒に皮膚の欠片が、爽やかな空気の中に振りまかれていく。

枕カバーの端に、点々と赤黒い染みがついているのに気がついた。どうやらまた、寝ている間に掻きむしったらしい。思わず髪に手を突っ込むと、ぱりぱりと音がして鋭い痛みが頭に走った。固まった血が糊(のり)となって、髪が貼り付いているのだ。最悪。力任せに髪を引き剥がすと、ばりっと嫌な響きがして私はすくみあがった。

たらり、と額に生暖かいものが垂れてくる。血の匂いだ。

引き抜いてしまった髪の、毛根近くに、剥がれたばかりの大きな瘡蓋(かさぶた)がくっついていた。

痛みは全くない。むしろ、頭皮はむずむずして痒(かゆ)い。もっと掻け、掻きむしれ、と言われているよう。

　ついさっきまで自分自身だった髪の毛と瘡蓋を、私はゴミ箱に叩き込んだ。その勢いのまま枕もゴミ箱に詰めようとして、入りきらなくて、その上に覆い被さって歯を食いしばり、啜り泣いた。

　嫌だ。こんな病気、もう嫌だ。

　どうして朝から、悲しい気持ちにならないといけないの。


「愛美（まなみ）、早く食べなさい。学校に遅刻するよ」

　母さんが台所から呼んでいる。

「ほら、味噌汁も冷めちゃうでしょう」

　私は洗面所で俯いたまま立ち尽くし、ため息をつく。

　普通の女の子だったら、高校生にもなれば、鏡の前でわくわくするのだろうか。今日はどんな格好で外に出ようかと、心が浮き立ったりするのだろうか。もちろん日によって面倒くさかったり、気が進まなかったりもするだろう。だがそれすら私には縁遠い感情だ。

　私は歯を食いしばり、意を決して鏡を見た。

　そこに映っているのは醜い生き物だ。相変わらず自分の目すら正面から見られない。口元だけが意味もなく愛想笑いしている。

　前髪をかき上げると、赤く腫れ上がった額が露わになった。ところどころに爪で深く引っ掻いた傷があり、じゅくじゅくと汁が染み出ている。昨日は念入りにお風呂上がりにスキンケアして、塗り薬を塗り、飲み薬を飲んで寝たのに。だんだん悲しくなってきた。

「塗るか……」

自分に言い聞かせるように独り言。

これだけ炎症がひどいと、痛くて化粧なんかできない。フェイスクリームも気休めでしかない。薬で治療するほかないのだ。私は眼鏡ケースほどの大きさの容器を開け、「顔用」と書かれたチューブを取り出した。べとべとした半透明の軟膏を指に取り、そっと皮膚に載せて伸ばしていく。ひりつくような独特の刺激がある。

私は子供の頃から「アトピー性皮膚炎」を患っている。

皮膚のあちこちが蚊に刺されたと同じか、それ以上に痒くなり、赤く腫れ上がったり、皮膚が剥がれてぼろぼろになったりする病気だ。症状が重い人から軽い人まで色々だが、私はやや重めな方。

薬を塗り終えると、私の額はまるでオイルを塗りたくったみたいにテカテカ光っていた。前髪を垂らして、何とか隠そうとしてみる。皮膚に髪が触れるとべとつき、ちくちくして気持ちが悪い。顔を歪めながら続けていると、ばらばらっと小さな皮膚の破片が洗面台に落ちた。

うわ。小さな悲鳴が口から出る。

おそるおそる、指で髪をかき回してみる。初めは少しだけ、それから両手で。そのたびに破片が落ちてくる。きりがなかった。

フケ。嫌な言葉だ。頭が大量のフケを生み出し、とても取り切れない。自分自身がゴミ溜めみたいに思えてくる。

「愛美、いい加減にしなさい。いつまで鏡の前にいるの」

母さんの苛立った声に、思わず大声で言い返してしまった。

「ちょっと待ってよ、スキンケアしてるんだから！」

しばらく沈黙してから、母さんは泣きそうな声で言う。

「……ごめんね。健康に生んであげられなくて」

私は何も言えず、聞こえなかったふりをした。

大きなフケだけを何とか取り除くと、今度は薬入れから小瓶を取り出す。ローションタイプの薬だ。掌に出して、髪の間を縫うようにして塗り込んでいく。

最後に首や、耳の下あたりのあかぎれにも薬をつけて、炎症になっていないところには保湿剤を塗り込んだ。これで何とか、手当はできた。最後に、洗面所にまき散らされた皮の欠片をウェットティッシュで拭き取って捨てる。

終わり。

私にとって身支度とは、自分を着飾るような行為ではない。他人に与える不快感を、減らすためにすること。汚いものを取り除くこと。

ゴミ処理に似ている。

外はいい天気だった。通学路の桜は今にも咲きそうで、花壇には若々しい黄緑の葉が溢れ、その間を蝶が飛んでいる。行き交う人々も、どことなく心が浮き立っているように感じられた。そんな街を、私だけが俯いて歩いていく。

春が苦手だ。

これからどんどん暖かくなるなんて、憂鬱(ゆううつ)でしかない。

何が嫌かって、単純に暑いと症状が悪化するというのが一つ。汗はアトピーの原因になるし、傷口に染みる。もう一つは厚着ができないこと。

汗ばんできたので、私は仕方なく手袋を外してポケットに入れた。炎症と傷だらけの掌が、正体を見せたみたいに露わになった。丈の長いコートも、長袖のシャツも、マフラーも帽子も、もうすぐ着られなくなる。醜い私の肌が、人目に晒される。世の中が夏だ、海だと楽しそうにしている中、独りぼっちで身を縮めて過ごす季節がやってくるのだ。

信号を待ちながら、じっと足元を見つめた。ふと、肩を叩かれる。

「おはよう、愛美」

顔を上げると、クラスメイトが三人、立っていた。

「あ……おはよう、田原(たはら)さん」

華のある顔立ちの彼女は、小学校からの幼なじみだ。

「相変わらず雰囲気暗いね、あんた。友達いないと思われるよ。ほら、一緒に学校行こう」

「うん」

私は田原さんの後について歩き出した。取り巻き二人が、なぜかくすくす笑っている。

しばらく、田原さんたちが取り留めもない話をするのを聞き、時々相づちだけを返した。

「そうだ、愛美。今日の放課後って暇かな？　私たち、カラオケ行こうと思ってて」

「え？　うん、暇だけど……」

「そう、良かった」

にっこり、田原さんがこちらを振り返る。

「じゃあ今日の掃除当番、代わりにやっといて」

目は笑っていない。「うわー。ひど」「いつもじゃん」と、取り巻き二人の声が遠くに聞こえる。ぼりぼり。

「いや、それは……」

ぼりぼり。私が答えあぐねていると、突然田原さんが顔をしかめ、私に向かって手を突き出した。

「またやってる、それ。止めろっての！」

「あ」

手首を握られて、やっと自分が頭を掻きむしっていたのに気がついた。こういう時、無意識に手が動いてしまう。

田原さんが手を離すと、ぱらぱらと頭皮が空中に散った。

「うわ。きたなっ」

「ちょっと、ついたんだけど！」

三人が、大げさに体をのけぞらせる。私は黙ったまま、曖昧に微笑むしかできない。田原さんが吐き捨てるように言った。

「今日は随分飛んでるじゃない、胞子」

「その、ごめん。ちょっと……暖かくなったから」

「何それ。春だから、種蒔いてんの？　タンポポみたいに」

私は目をそらして俯いた。

「うん……そんな感じかな」

三人の笑い声が、頭の上から降り注ぐ。私も一緒になって、口だけで笑ってみせた。田原さんが呆れたように言う。

「相変わらず、気持ち悪い。まあいいや、掃除は頼んだよ。だいたいあんたが一番汚すんだから、自分で掃除するのが当然でしょ、よろしく」

蚊の鳴くような声が、うん、と口から出た。田原さんが満足げに頷く。

「でさ、こないだ面白かったのが……」

そして何事もなかったかのように、学校に向かって歩き出した。

一人で掃除を終えて教室を出る頃には、廊下から人の気配はなくなっていた。練習する運動部の声がグラウンドから聞こえてくる。

私はトイレに入って個室の扉を閉め、便座に腰を下ろしてため息をついた。田原さんたちは、今頃カラオケを楽しんでいるのだろうか。

田原さんは悪い人ではない、と思う。

面倒見のいいところもあるのだ。体育の組分けで余った私を入れてくれたり、休み時間に独りぼっちの私に声をかけてくれたりする。「あんたでもドッジボールの球よけにはなるでしょ」とか「どうせ友達いないだろうから。代わりに宿題見せて」とか、ちょっと毒舌な時もあるけど。

私なんかが仲間に入れて貰えるだけでも、ありがたいと思うべきなんだ。だから我慢しなくちゃ、これくらい。

トイレの中に私しかいないことを、耳を澄ませて確かめてから、そっと服を脱いだ。下着も脱いで、上半身裸になる。薬ポーチを開け、チューブを取り出す。

アトピーの症状がひどい時には、一日に三回薬を塗るようにと言われている。朝と夜は家で塗ればいいけれど、昼は学校で塗るしかない。学校のトイレで裸になり、芳香剤と尿とが混じった匂いの中、薬をつけるのは惨めな気分だった。

薬が塗られた肌は微かだが熱を持ったようになる。体中に塗ると、全身が気だるい感じだ。終わったら服を着る。べとべとの軟膏が服と擦れる気持ち悪さには、いつまでたっても慣れない。

どうして私の肌は、普通と違うんだろう。薬を塗るたびに悲しくなる。塗り込んでいるのは薬ではなく、「自分が欠陥品だという事実」に思えてくる。

深刻に捉えすぎ、と言われればそうかもしれない。世の中にはたくさんの病気がある。塗り薬で良くなる程度の病気なんて、恵まれている方だろう。それはわかってる。だけど、どうしようもなく胸が苦しい時がある。

テストの前日に体中が痒くて、朝方まで眠れない時。あかぎれが全部の指にできて、好きな本のページをめくるたびに突き刺さる時。気に入って買ったばかりの服が、気づくと血塗れになっている時。

ぼりぼり。

ああ。またか。

ぼりぼり、ぼりぼり……。

こんな風に、無自覚に掻きむしっている時。せっかく張った薄皮も瘡蓋も、さっき塗ったばかりの薬も剥がれて、血と混ざり合っていく。掻いている間はちっとも痛くないのに、後から痛みが襲ってきて、後悔するのだ。

えい、と気合いを入れて手を止めた。盛り上がりかけた快楽が、不満げに余韻を残して消えていく。腕には赤く爪痕が走り、皮膚の擦れた特有の匂いがする。塗り直しだ。私はもう一度薬ポーチからチューブを取った。

「財布、ロッカーに忘れるなんて、田原って意外に抜けてるよね」

いきなり声がして、思わずびくっと震えてしまった。

「うるさいな。うっかりしてたの」

足音が鏡の前あたりで止まった。コンパクトを開ける音がする。私は気づかれないよう、個室の中でじっと息を殺していた。

「ねえ田原、どうしてあのアトピーを班に誘ったの？　修学旅行なんて、私たちだけで良かったじゃん」

「どうせあいつ余るから。先生に言われる前に、入れちゃった方が楽でしょ。何、嫌なの？」

「いいけどさあ、あの子見てるとイライラするんだよね」

ははは、と笑い声。

「それはわかる」

掌で握りしめた薬のチューブが曲がり、蓋が外れて落ちた。

「コツがあるの。人間だと思わずにさあ、ペットだと思えばいいんだよ。犬とか猫なら、フケだらけだったり、うじうじしてても多少は可愛く思えるじゃん」

「さすが、長いこと面倒見てきた人は言うことが違う」

彼女たちが笑い合っていたのは、ほんの数分ほどだった。しかしあたりが静かになっても、私は個室で座ったまま、しばらく立ち上がれなかった。

ぼりぼり。ぼりぼり……。

また掻きむしる音が聞こえてくる。歯を食いしばりながら、私は自分の手が腕に塗った薬を剥がし、傷を増やしていくのを呆然と見つめていた。


　夕方の通学路を一人、歩く。

　これは何かの罰なんだ。最近は、そんなことを考える。

　皮膚という、薄いけれど体も心も覆う牢獄に、生まれつき閉じ込められているのだ。アトピーは私に罪を償わせる拷問官。たまに症状を抑えてみせて、私が喜んだところで急に悪化させたり。症状が出る場所を、額からお尻、瞼や爪の先などと、移動させてみたり。私がより苦しむよう、常に趣向を凝らしている。

　罪の心当たりはない。でも、罰とはそういうものだろう。きっと知らないうちに、神様に嫌われるようなことをしたのだ。

　嘆いたところで何も始まらない。受け入れて、耐えて、罰が終わるのをじっと待つしかない。それが私の人生なんだ。

　諦めるしかないんだ。

　部活帰りだろうか、仲の良さそうな高校生三人組が、休日にどこかに行こうと話し合っている。焼き鳥屋の前で、夕飯について相談しながら老夫婦が歩いて行く。付き合いたてらしい若い男女が、互いに顔を赤らめつつ、手を繋いで信号が変わるのを待っている。

　みんな幸せそう。だけど、羨ましいと思ってはならない。あっちに行きたいと、願ってはならない。叶わないことをいくら求めたって、自分が傷つくだけだから。

心を殺して、歩き出そうとした、その時。

「良かったら、どうぞ」

「えっ……」

いきなりポケットティッシュが目の前に突き出されて、思わず受け取ってしまった。

「僕たちそこで新しく商売を始めた者なんです。ただいま新規開店、体験キャンペーン中なんですよ」

サラリーマン風の男性が笑っている。私はポケットティッシュに挟まれていた、手書きのカードに目を通した。

——生まれ変わってみたいと思いませんか。転生斡旋サービス、今ならキャンペーン価格でご提供中です。

「何ですか、これ」

「つまり、自分ではない、別の人間として生まれ変わるというサービスです」

私は思わず男性を見つめた。

「できるんです。そういう魔法があるんです」

突拍子もない話だったが、男性の表情は真剣だった。

「理想の体、理想の人生を選べるんです。あ、もちろん、やり直しもききますよ。嫌だったら現実に戻ってこられますから、ご心配なく。すぐそこに事務所がありますので、良かったらお話だけでも」

私が黙っていると、相手は少し困ったような顔をした。

「あの……そうですよね、信じられないですよね。でも、本当なんです。これは凄い力なんですよ。うまく使えば、一気に人生が変わるでしょう。いえ、わかります。僕も最初は疑いました。それが普通ですよね。ティッシュも全然受け取ってもらえないし……」

無理もない。怪しい商売にしか思えない。だけど、私はその場を立ち去りがたかった。

もし万が一、本当だったら。カードの文字から、目が離せなかった。

「いくらくらい、するんですか」

気づけば私は身を乗り出していた。


連れて行かれた先は、事務所とは名ばかりの安っぽいアパートだった。部屋の隅には埃が溜まり、照明には蜘蛛の巣が張っていて、みすぼらしさは隠せない。物陰に目立たないように飾られた「古狩&ビルカ式　転生斡旋所」という重厚な作りの看板は、いかにも不釣り合いだった。

出して貰った座布団に座り、マグカップに入った紅茶を啜りながら、私はさきほどの男性から説明を受けた。

「……というわけで、指輪を嵌めている限り、念じればいつでも、仮に死んでも戻ってこられるんです。何の危険もありません」

渡された名刺にちらりと目をやる。古狩サトル、という名前と電話番号のほか、役立ちそうな情報は何も書かれていない。

「ずいぶん簡単なんですね」

「そうです。簡単です」

だけど今のところ怪しい神様も、教祖も出てこない。誠実な印象だった。そして何より、値段が驚きである。

「さっき三千円、と言ってましたけど……」

サトルは困ったように笑った。

「はい、キャンペーン価格です。正直なところ、僕たちもどれだけ取っていいものか、わからなくて。まずはそのくらいにしてみようかと」

これで詐欺だったら、あまりにも旨味がなさすぎると思う。

「わかりました。じゃあ、それでお願いします」

私が紙幣を三枚差し出すと、サトルは目を丸くした。

「え、いいんですか」

私は頷く。本当に生まれ変われるなら、全財産出したっていい。

「ありがとうございます！　それでは、ご希望の転生先をお聞かせください」

「はい、健康な体に生まれたいです」

即答すると、サトルは戸惑ったように背後を振り返った。

「健康、ですか……ビルカさん？」

さっき座布団を運んできた中東風の顔立ちの男が、窓の傍からこちらに目を向けた。

「永遠の健康はありえないぞ。どんな人間も老いと共に、どこかしら悪くなっていく。もう少し具体的に言って貰えるか」

私は膝の上に置いた鞄の重みを感じながら、答えた。

「肌が健康であってくれれば。他は普通程度でもいいです」

「肌だと」

理由とか事情とか、聞かれたら嫌だな。身構えていたが、ビルカはあっさりと頷いた。

「それだけでいいんだな」

「はい。それで十分です」

「よし、わかった。探すから少し待て」

ビルカが目を閉じる。サトルが近づいてきた。

「これが、先ほど説明した指輪です。帰ってくるのに必要なので、なくさないように気をつけて」

「転生先に満足したら、捨ててもいいんでしたっけ」

「その場合は、そうです。また作れるそうなので」

ちらりとビルカを見てから、サトルは指輪をそっと、私の指に嵌めた。

「これで準備は完了です」

「見つかったぞ。行けるか」

サトルとビルカの声が揃った。

指輪の嵌まった手を見てはっと息を呑んだ。ついさっき掻き壊したばかりの肌に、もう瘡蓋ができている。魂が逃げだそうとしているのに、肉体は懸命に生きようとしているのだ。目を逸らし、決心が揺らぐ前に慌てて告げた。

「お願いします」

ビルカが頷いた。

「指輪に向かって念じるんだ」

言われた通りにすると、ぽんとビルカが私の肩に触れる。

「行ってこい」

突然、視界が歪んで息を呑んだ。魂が体から引っ張り出されるような、凄まじい圧力を感じる。次第に景色が細かい虹色の粒子に変わっていく。

さよなら、病気の体。

†

誰かの声がする。

「……レア」

知らない男の人の声だ。低くて野太いけど、とても優しい声。初めて聞くのに、なぜか懐かしい。

「レア、大丈夫か、レア？」

誰を呼んでいるんだろう。私の名前は愛美、鶴田愛美。レアというのは誰？　目を開けると、光がいっぱいに広がり、砂っぽい匂いがした――

「レア！」

彫りが深く、褐色の肌に顎髭を伸ばした男性が、私を覗き込んで叫んだ。

「あれ……ここは」

私が言うか言わないかのうちに、男性は泣き出した。大粒の涙がいくつも、すぐ横に落ちて土に染みこんでいく。と、今度は顔を真っ赤にして怒鳴りつけてきた。

「だから父さんは言っただろう！　危ないから、ロバの上でふざけるんじゃないと」

すぐそこで馬によく似た動物が、湿った瞳で不思議そうに私を見下ろしている。ぼさぼさした毛、短い足、小さな体。細長い壺をいくつか、縄でくくりつけられている。

「もしものことがあったら、どうするんだ。全く」

起き上がろうとして、頭がずきんと痛んだ。手で触れてみると、大きな瘤ができている。どうやらロバの背から落っこちたらしい。そういえば、サトルから説明された。転生先は、死んで魂が抜けてしまった肉体になるのだと。

「もういいじゃないですか、お父さん……大したことなかったんですから」

褐色の肌に黒髪の女性が、横から微笑んだ。彼女はそっと手を差し出すと、私を優しく抱きしめた。

「ね、レア。これからは気をつけるんだよ」

私はあたりを見回した。

この夫婦は、石で縁取られたでこぼこの道を、どこかに向かう途中のようだった。両脇には小麦畑が広がっていて、その先に乾いた焦げ茶色の丘が幾重にも続いている。ところどころに白い羊がいて、僅かに生えている草をもくもくと食んでいた。

おそるおそる私は目の前の夫婦を見つめた。男性は緑のワンピースに、革のベルト。女性は赤い服を着て、水色のフードをかぶっている。どこかの民族衣装だろうか、見たことのない格好だ。

「もしかして……私の父さんと、母さんなの？」

男性はきょとんとしてから、頭をかく。

「何を言い出すんだ、レア。頭を強く打ったせいか？　寂しいぞ、そんな風に言われたら」

母さんが私に頬ずりをする。

「お父さんの言う通り。あなたは、私たちの自慢の娘だよ」

「自慢の娘……私が？」

「もちろん。こんなに元気で、こんなに可愛くて」

私は自分の額に触れてみた。すべすべしている。絹のような艶、それでいてしっとりとした弾力。傷や瘡蓋一つなく、嫌な汁も流れていない。

痒くない。体のどこも痒くない、痛くもない。

こんなの、いつぶりだろう。

母さんの腕の中から抜け出して、私は走り出す。革のサンダルが小気味よい音を立てた。両手を広げて、飛び跳ねる。

「気持ちいい！」

空気が美味しい。青空にさんさんとお日様が輝き、光が私に降り注いでいる。もう、汗がどんなに流れたって平気だ。染みる傷口はないし、肌が腫れ上がってもこない。みんなと同じように、私は綺麗になった。

私は生まれ変わった。もう、下を向いて歩かなくていい。胸を張って生きていけるんだ！

「こらこら、レア。あんまりはしゃぐと、転ぶぞ」

「そうよ。これから使うんだから、体力は取っておきなさい」

私は立ち止まり、両親を振り返った。

「どこかへ行くの？」

「まさか、忘れたのか」

母さんは品良く口に手を当てて、くすくす笑った。

「子供は何回でも答えて欲しいんですよ。あのね、収穫祭に行くんだよ」

「収穫祭？　それ、どんなところ」

「すぐに思い出すよ。さあ、見えてきた」

道は小高い丘へと続いている。丘には規則正しく緑の木々が並び、その中に石作りの塔が立っていて、お爺さんがこちらに手を振っているのが見えた。

甘酸っぱい香りが、風に乗って漂ってくる。

私たちは賑やかな広場に辿り着いた。男も女も、子供も老人も、腕まくりをしたり鉢巻きを巻いたりと、何やら張り切った様子だ。地べたには布が敷かれ、赤ちゃんが並べられていた。お守り役らしい女性たちが、代わる代わる抱いてはあやしている。一体何が始まるのだろう。

きょろきょろしている私たちに、声がかけられた。

「よう、来たな！　お前がいないと、盛り上がらないからな」

父さんが苦笑いする。

「村長、お元気そうで。今年の出来はどうです？」

「ばっちりだ。ビアリクが最高の出来にしてくれたよ。やはり村の畑は、あいつに任せるに限る」

父さんは村長と抱き合い、歯を見せて笑い合う。母さんも女友達とお喋りを始めていた。

「レアは大きくなったねえ。そしてずいぶん、美人になった」

「もう十一歳だもの」

私だけ、手持ち無沙汰だ。一人で立ち尽くしていると、母さんが手招きした。

「さ、レア。これを持っていきなさい」

渡されたのは小籠だった。細長い葉っぱを編み上げた、丈夫な作りである。これで何をしろというのだろう。

「お母さんは、大釜の準備があるから。レアは一人で、畑の手伝いをしててくれる？　できるね」

それだけ言うと、母さんは他の女性たちと一緒に、道具を並べたり、薪を組んだりと忙しそうに働き出した。どうも声をかけられる雰囲気ではない。私は心細い思いであたりを見回した。

たぶん畑というのは、あっちだろう。

等間隔に緑の木々が並んでいる方へ、同じような小籠を持った子供や女性たちが歩いて行く。様子を窺いつつ、私もその後に続いた。

畑は広かった。団扇(うちわ)のような形をした葉っぱの隙間から、紫色の粒が群れを成して垂れ下がっている。見知った果物の姿に、何だかほっとした。葡萄(ぶどう)だ。ここは葡萄畑だったのか。

周りの人たちは、次々に葡萄を摘んでは小籠に入れている。私もそれに倣った。木はさほど高くないので、背伸びすれば十分手が届く。傷んでいるのは地面に捨てて、残りを小籠に放り込む。はち切れんばかりに果肉の詰まった紫の球は、指で摘まむとぷつんと音を立てて、面白いように取れる。

大きな実を見繕って、こっそり頬張ってみた。ぷちんと歯の上で弾けて、果汁が迸る。甘味と、酸味と、微かな苦味。土と太陽と命の気配が舌を撫でていく。思わず一人でくすくす笑ってしまった。

しばらくして、はたと私は考え込んだ。いっぱいになった小籠は、どこに持っていけばいいんだろう。

あたりに葡萄を摘んでいる人はたくさんいる。女の子たちのふざけ合うような声も聞こえてきた。彼女たちに聞けばいいのだが、声をかけるのがちょっと怖い。

いや、でも。

私は生まれ変わったんだ。もう前のようにおどおどしなくてもいいじゃないか。

ちょうど畑の隅に、こちらに背を向けて葡萄を摘んでいる女の子がいた。あの子にしよう。私は近づいて、挨拶した。

「こんにちは」

「あ……」

その子は勢い良く振り返ると、怯えたような目で硬直した。何となく貧相な印象の子だった。小柄で痩せ細り、着ている茶色の服は破れ目だらけで、みすぼらしい。茶褐色の長髪はぼさぼさで、顔はほとんど隠れている。その奥で、大きな瞳が獣のように光っていた。年齢は今の私と同じくらいか、一つか二つ下だろう。後ずさりする彼女に、私は笑いかけた。

「私、愛美……じゃなかった、レアっていうの。あなたは」

「イディス。知ってるでしょう」

消え入りそうな声で言い、俯く。どこか様子が他の人と違う。内気な子なのだろうか。

少し親近感を覚えながら私はさらに聞いた。

「イディス、ちょっと教えて欲しいんだ。籠っていっぱいになったら、どうしたらいいのかな」

「え……？」

イディスは訝しげに私の目を覗き込む。しばらくそうしてから、広場の方をそっと指さす。

「あっち」

「あっちに持ってくの？」

「そう」

「持ってってどうするの」

困惑したように瞬きするイディス。

「どうして、私に聞くの」

「いや、その。ちょっと、ど忘れしちゃったんだ」

笑って誤魔化すと、イディスは首をかしげながら言った。

「じゃ……ついてきて」

そして自分の葡萄をその場に置いて、歩き出した。私は小籠を抱えてついていく。どこかから楽しげな音楽と、歌声とが聞こえてきた。進むうちに、演奏がだんだん近づいてくる。やがて葡萄の木の隙間から、向こう側が見えた。

非現実的な光景に、私は息を呑んだ。

「何、あれ？」

大きなお皿が三つ、並んでいる。おそらく岩から丸ごと切り出して作られたのだろう、それぞれ公園の噴水のようなサイズだ。お皿の中には黒に近い紫色の液体がいっぱいに溜まり、その上で男が十人ほど歌い、踊っているのだった。

「酒船（さかふね）だよ。あの上に……」

あとはイディスに聞かなくてもわかった。お皿に子供たちが駆け寄っては、小籠の中身を空けていく。無数の葡萄粒はころころ転がり、跳ね、そしてぐしゃり、誰かの足の裏で潰された。

「なるほどね！」

私は小籠を持って走り出した。

確かにこれはお祭りだ。腰巻きを身につけた半裸の男たちが、息を合わせて跳ね、飛び、足踏みし、葡萄を次々に押し潰す。果汁は渦を巻いて溝を流れ、次々にお皿を満たしていく。あたり一面が、甘酸っぱい香り。

「やあレア、来たか」

声に顔を上げると、踊る人の中に父さんがいた。下半身はすっかり葡萄色に染まっている。

「ほれ、掴まれ」

差し出された手を握ると、そのまま酒船へと引っ張り上げられた。周りでは同じように子供が、大人と手を繋いでいる。

「いらっしゃい、可愛いお嬢さん。一曲お相手願えるかな」

白髭のお爺さんが頭を下げ、私にウインクした。目を丸くしていると、横から野次が飛ぶ。

「長老、まだ交代しないの？　腰、大丈夫か」

「何を言う。わしはまだまだいけるぞ。さあ、次だ」

新しい曲が流れ始めた。

促されるまま、私は片手を長老と、片手を父さんと繋ぎ、見よう見まねで踊り出す。振り付けは割と適当らしかった。とりあえず、リズムに合わせてどちらかの足を上げればいい。何なら飛び跳ねるのもあり。私が跳ねると、父さんと長老が腕でぐいっと空中に引っ張り上げてくれる。着地するたびに足元で小さな粒が潰れて、紫の汁が飛び跳ねる。子供たちはみんな、葡萄塗れになってはしゃいでいた。

「おい、そろそろ出番じゃないのか？　ほれ」

誰かがラッパを宙に放り投げた。「よしきた」と父さんが受け取って、酒船から下りる。

「いくぞ！」

父さんは胸いっぱいに息を吸うと、ほんの少し思わせぶりに間を空けてから、小気味よく吹き鳴らした。野性的でお腹に響くようなメロディに、太鼓が、鈴が、笛が合わせられる。父さんはついてこいよ、と言わんばかりに転調したり、また戻したり。それに合わせて即興で歌う者、ハーモニーを奏でる者、あるいは好き勝手に騒いでいる者。何でもありだ。疲れた人は酒船から出て、代わりに別の人が入ってくる。

気づけば私は、汗だくになって踊っていた。楽しい。こんなに開放的な気分は、初めてだ。何も考えずに歌い、叫び、笑い合いながら、体を目一杯動かした。

ずっと踊っていられそうだった。

ふと、イディスはどこにいるのかと気になり、あたりを探した。だが踊る輪の中にも、取り囲む人々の中にも、見当たらない。帰ってしまったのだろうか。

「レア、良かったら僕と踊ろう」

また誰かが私を誘ってくれる。すぐにイディスのことは忘れてしまい、私は喜んで相手の手を取った。


どれくらい踊り続けただろう。息を切らしてようやく酒船から下り、誰かが差し出してくれた革袋から水を飲んで、一休みした。

まだまだ祭りは続くようだ。

小籠を持った人は途切れることなく次々にやってきて、葡萄を追加していく。紫の池は深まり、川になって流れる。溜まった果汁は、細長くて先の尖った、大きな壺に移されていた。いっぱいになったら粘土で蓋がされ、空気穴を一つ開けたのち、ロバがどこかへ運んでいく。

私はふう、と息を吐いて革袋から口を離した。

「飲みたかったらいつでも言ってよ」

そう言ってくれた男の子に、ありがとうと微笑んでみせると、みるみるうちに相手は顔を赤くして、何かもごもご言って逃げていった。

どうやら私は、肌が綺麗なだけではなく、けっこうな美人に生まれ変わっているようだった。年上の男性は私を可愛がり、同じくらいの年の男の子は私と一緒に踊りたがる。おかげで私も自分から踊りを申し込むなど、思った以上に大胆になれた。愛美だった頃と比べると、信じられないことだ。

ようやく自分の人生が始まったような気がする。

何だか鼻がひくひくした。香ばしい匂いが漂ってくる。口の中に唾が湧く。その生暖かい、甘ったるい蒸気に誘われるままに歩いて行くと、大釜に子供たちが群がっていた。何人かの大人が、火加減を調節しながら、オールのような大きな匙で釜をかき回している。その中には母さんの姿もあった。

「はいはい、順番に並んでね」

どうやら、果汁を煮詰めて配っているらしい。私もみんなにならって行列に並んだ。やがて順番がやってくると、母さんはいたずらっぽく微笑んで、木匙をそっと紫の海に沈めた。次に現われた時、木匙はとろりと粘り気のある蜜を纏っていた。

「葡萄蜜だよ。火傷に気をつけてね」

輝くような光沢にしばらく目を奪われてしまう。ふと思いついて、母さんにお願いした。

「友達にも持っていくから、もう一匙ちょうだい」

葡萄蜜を二匙、両手に持って、私はあたりを探した。だんだん垂れてくる蜜を、こぼさないように気をつけながら。

イディスの姿はなかなか見つからなかった。

どれくらい歩き回っただろうか。葡萄畑の隅、まるで茂みに身を隠すかのように座り込み、荒野をぼうっと眺めているイディスに気がついた。

「こんなところにいたんだ」

「わっ……」

最初に声をかけた時と同じく、イディスは怯えた様子で後ずさりをする。私は葡萄蜜を差し出した。

「はい、これ。あなたの分も持ってきたの。さっきのお礼」

木匙を、イディスは黙って見つめる。だが手を伸ばそうとはしない。小刻みに首を横に振ってみせるばかり。

「どうしたの？　二人分貰ったから、気にしなくていいよ」

それでもイディスは悲しげに瞬きするだけ。これじゃ、らちがあかない。

「もう冷めちゃったかもしれないけれど。はい」

私はほとんど強引に、彼女の手に木匙を押し付けた。そしてその勢いのまま、イディスの隣に座った。ここからは、祭りの喧騒がずいぶん遠く感じられる。

よそよそしい態度のイディスに、私は聞いた。

「葡萄蜜、嫌い？」

「ううん……」

そこで初めて、イディスは年相応の子供らしく、木匙を見つめてごくりと唾を飲んだ。

「食べたことがないの。ずっと、気になってたけど。いつも貰いに行けなくて」

「初めて食べるんだ？　私も同じ。じゃあ一緒に食べようよ」

私が笑いかけると、イディスはやっと頷いてくれた。

「うん」

二人で木匙を頬張った。甘くて、酸っぱい。水飴ともキャンディとも違う、ジャムが近いけれど、もっと鮮烈な味と滑らかな舌触り。思わずため息が出る。二人で声が揃った。

「うわあ、美味しい……」

イディスは笑っていた。眉が下がり、目がくしゃっと細くなって、可愛らしい白い前歯が覗いている。

その無邪気な笑顔から、しばらく目が離せなかった。何だ、普通の子じゃないか。

「ね、イディスもあっちで一緒に踊らない？　凄く楽しかったよ」

「ううん。私は行かない」

「どうして」

「レアこそどうして、私なんかに関わるの」

「別に……理由なんかないけど」

イディスは私をしばらくじっと見つめていた。やがて、低い声で言う。

「さっき、忘れたって言ってたね。もしかして、私のことも忘れちゃったの。私がどういう人間か」

「あ、うん。そうかも……」

曖昧に誤魔化していると、イディスはこちらを睨んだ。

「じゃあ、教えてあげる。私は悪人だよ。重い、とても重い罪を犯してるの」

「えっ？　どういうこと」

なおも首を傾げる私に業を煮やしたように、イディスは深いため息をついた。しばらくして顔を上げ、ぼさぼさの茶褐色の髪に手を当てると、さっとめくる。隠れていたイディスの肌が露わになる。

私は息を呑んだ。

額から右目の下あたりまで、赤黒い斑点が連なり、膨れ上がり、じゅくじゅくと汁が出ている。アトピー性皮膚炎とは少し違うようだが、何かの皮膚病には間違いない。かなり重症のようだった。

「……もっと近くで見る？」

じりじりと、目と鼻の先にまで顔を近づけてくるイディス。思わずうっと呻き、私はのけぞってしまった。それを確かめると、イディスは目を伏せ、髪を下ろした。

言葉が出てこなかった。

なぜだろう。世界で醜いのは己一人だけだと思っていた。自分が生まれ変われば、この世から皮膚病が消え失せるような気でいた。他に皮膚病の人がいることを、まるで想像していなかったのだ。

「わかったでしょ。わざわざ近づくような人間じゃないよ、私は」

そうまでして私を遠ざけたいのか。でも、どうして。私はどうすればいいんだろう。必死に考えを巡らせていた時だった。

イディスが身を強ばらせ、怯えきった表情で木匙を地面に投げ出した。その目は、私の背後を見ている。

「レア、もう行って。私のそばにいないで」

私も振り返り、彼女の視線の先を追う。父さんがこちらに走ってくるのが見えた。とても怖い顔をしていた。

「私が悪かったことにしていいから。じゃあね」

それだけ言い捨てると、イディスは背を向け、茂みの奥へと駆け出した。後を追う間もなく、私の両肩を父さんが抱きかかえた。

「レア、こんなところで何をやってるんだ。あの子と遊んじゃだめだろう！」

父さんは忌々しげに、イディスが消えた茂みを睨みつける。

「ごめんなさい」

あまりの剣幕に、私は謝ることしかできなかった。父さんはしばらく苦虫（にがむし）を噛みつぶしたような顔をしていたが、やがて優しい口調に戻って言った。

「次からは気をつけなさい。さ、祭りに戻ろう」

私は父さんと手を繋ぎ、広場へと歩く。途中で一度、振り返った。イディスが葡萄の木の下で、こちらの様子を窺っていた。

どこか恨めしげな光をたたえた、嫌な目だった。


やがて日が沈み、祭りもお開きとなった。

父さんと母さんに手を引かれ、夕暮れの道を辿っていく。もうすぐおうちだよ、と言われて顔を上げて、その見慣れない光景に胸の奥がきゅっと締め付けられた。

そこには村があった。連なった家の隙間を石壁で埋めて、ぐるりと周囲を壁で囲うような形になっている。家の数は十軒から二十軒くらいだろうか。こぢんまりとした門があり、中に入って少し歩いたところが私たちの家らしかった。煉瓦(れんが)でできた、四角い家。玄関の木の扉を開けると、砂埃が舞った。

中には間取りというほどのものもない。食堂も、台所も、寝室も兼ねた一部屋になっていて、地下に倉庫があるだけ。父さんは平然と、ロバを連れて家に入っていく。家畜も同じ屋根の下で眠るようだ。天井には木の板が渡され、泥で固められていた。四角い穴の窓に、麻布のカーテンがかかっている。

電灯も、ガスも、水道もない。

代わりに油瓶と、水が入った甕があるだけ。

システムキッチンも、トイレもない。

部屋の隅には陶器の食器がいくつか積まれ、横に石臼が置かれている。排泄については
そもそも家の中ではできない。催したら、外の暗がりで用を足すそうだ。

ああ。私、本当に違う世界に来ちゃったんだ。

「どうしたんだい。早くお入り」

「今日も寝る前に、お話をしてあげるからね、レア」

すぐそこで優しく声をかけてくれる二人も、本当は今日初めて会った人でしかないのだ。

何だか急に、心細くなった。

私、やっていけるのだろうか。この二人を父さんと母さんだと思って、色々あるだろう
しきたりを一から学び直して、それでもここで暮らしていけるのか。改めて覚悟が必要だ
った。

でも。

掌を広げ、すべすべした美しい肌を見つめる。

それでも、愛美よりはいい。独りぼっち、トイレで上半身裸になって薬を塗る愛美より
も、代わる代わる踊りに誘われるレアの方がいい。

私は顔を上げ、笑顔を作った。

「父さん、母さん。私、いっぱいお手伝いするから。明日からもよろしくね」

走って行って、抱きつく。二人は「いきなり何を言うんだい」とくすくす笑ってくれた。横からふん、と鼻息が吹きかけられる。慌てて私は、突き出された毛むくじゃらの顔を撫でてやった。

よろしく。ロバもね。


翌日、さっそく母さんに仕事を言いつけられた。

水汲みである。

私は言われた通り、大きな水甕を頭の上に載せ、歩いていた。道は舗装されていない、でこぼこの地面。ちょっとでも気を抜くと甕は傾き、落っこちそうになる。このまま井戸に行くだけでも難しいのに、中にたっぷり水を入れて帰らねばならないことを思うと、なかなか前途多難だった。

甕を両手で支え、よろめきながら懸命に歩く私を、何人もの女性が追い抜いていく。中には水甕を頭に載せたまま、赤ちゃんを抱っこしてあやしている人もいる。どれだけ練習すれば、あんな風になれるだろうか。

途中、お喋りしながら甕を運ぶ若い女の子たちと、出くわした。

「でさ、オリーブ油切らしちゃって。明かりもつけられないし、髪や肌もカサカサになっちゃう、どうするのって言ったら。父さんがね、羊の脂を使えって」

「えーっ、ありえない。だって臭いすっごいじゃん、羊って」

「鈍感なんだよねえ、あの世代」

キャッキャッと笑い声。田原さんたちの姿が脳裏(のうり)をよぎる。いつの時代にもこういうグループがいるようだ。私は素知らぬふりをしていたが、向こうから話しかけられてしまった。

「あら、レアじゃん。おはよーっ。これから水汲み？」

「あ……うん」

あっという間に女の子三人に取り囲まれる。

――ここにもいっぱいいフケあるんだね。

今にも、そんな言葉を浴びせられるような気がして、身が竦(すく)む。

「なんか、フラフラしてるけど。大丈夫？」

「その……水甕の持ち方、忘れちゃって」

そう答えると、女の子たちは一瞬顔を見合わせてから、大笑いした。

「忘れるようなものじゃないでしょ、変なの」

「レアって、冗談なのか本気なのかよくわかんないときあるよね」

「ほんとだー、持ち方、下手になってる。そんなことあるの？」

だが彼女たちに、私をからかうつもりはないようだった。

「こうだよ、こう。背骨を伸ばして、頭から足の下まで真っ直ぐに。やってみ」

「こうかな」

「そうそう、上手ーっ」

そのまま私たちは、一緒に井戸へと向かう。みんな自然に、私を仲間として受け入れている。やがて門の外に出る頃には、すっかり打ち解けた。

「じゃあレア、昨日はどこで寝るかもわかんなかったわけ？」

「そうそう。まさか床に麻布を敷いて、その上で寝るなんて思わないもの」

一人が大笑いする。

「いや、他にどう寝るのさ！」

「しかも、布団の代わりに麻の外套をかけるでしょう。知らなかったから、父さんに渡された時、普通に着ちゃって笑われたよ」

「そりゃ笑うよ。だめ、もう……お腹痛い！」

何も知らないのが、かえってウケた。水甕を落としそうになるのはもっぱら私だったのに、今では笑いすぎて彼女たちの方が危ない。いつのまにか、私はみんなの中心にいた。

私の言葉でみんなが笑い、みんなが私の話を聞きたがった。

「あ、井戸だよ」

そこは岩場だった。大きな岩には穴が穿たれ、地下に続く階段が見える。

「ここを下るの？」

「そう。レア、後ろから支えててあげる」

「笑わさないようにだけ気をつけて」

らせん状の階段を一階分ほど下りると、オリーブ油のランプに照らされて、地下に湧いている泉が見えた。みんなと一緒に甕に水を汲む。

「そんなにたくさん汲んで、持てるの？　二回に分けなよ」

「あんたが今日飲む分、ここで飲んでいけば」

「結局腹の中に入れて運ぶんじゃん」

くだらないやり取りだけど、みんなと一緒だとおかしくて、私もお腹がよじれるほど笑った。こんなに自然に女の子たちと笑えるなんて、新鮮だった。田原さんに見えていた世界は、こんな感じだったのかな。

甕を担いで階段を上り、岩場の横で一休み。ふと、すぐ横にも小さな水汲み場があるのに気がついた。

「ねえ、わざわざ階段を下りなくても、ここで汲めば良かったんじゃない？」

みんながまた、おかしそうに笑う。

「レア、汲みたきゃ汲んでもいいけど、泥水でお腹壊しても知らないよ」

「そこ、家畜用の水飲み場だからあ」

そうか。清水は、地下でしか汲めないのか。よく見るとロバや羊の足跡だらけで、毛や糞まで落ちている。とても足を踏み入れて水を汲む気にはなれない。

休憩を終えて、村に戻ろうとした時だった。

誰かが俯きがちに、岩場の陰から姿を現わした。薄汚れた甕を持ち、きょろきょろあたりを見回しながら歩いてくる。ぼさぼさに伸ばした茶褐色の髪には見覚えがあった。

イディスだ。

澱んだ昏(くら)い目で、水飲み場へと足を踏み入れた。

「あっ……」

私が見ている前で、イディスは泥まみれの水溜まりに甕を沈めた。汚水が甕に吸い込まれていく。どぷどぷと、粘性の泡が立った。

「どうしたの、レア？」

こちらを振り返った子は、イディスの姿を認めると、まるで道端のガムでも踏んだかのように、顔をしかめた。

「あいつ、また来てるんだ。あーあ、朝から嫌なもの見ちゃった」

汚水をたっぷりと満たした甕を脇に置くと、イディスは両手を皿にして水をすくい上げる。遠目にもわかるほど濁っていて、ぞっとした。だがイディスは、躊躇なくその水を口に含んだ。微かに眉間に皺を寄せながらも、少しずつ少しずつ啜り、飲み干した。

「ねえ、どうしてあの子は、綺麗な水を汲まないの」

そう聞くと、みんなはきょとんとした。

「決まってるじゃない、悪人だからだよ」

「悪人……？」

イディス本人もそんなことを言っていた。

「確か村長が、家畜用の水飲み場なら黙認するって言ったんだっけ？」

「そうそう。変な情けを見せるの、やめて欲しいよ。実際に顔を合わせるのは私たちなんだから」

みんな、さも当然という口ぶりだった。しばらくは話を合わせていたが、どうしても気になって私は聞いた。

「あの子、一体どんな悪事をしたの」

三人が私を見た。そしてあっさりと答えた。

「さあ、知らない」

「え、何をしたか知らないの？」

思わずそう言ってしまった私を、みんなが不思議そうに覗き込んだ。

「どうしてそんなこと気にするのさ。知る必要なんてないでしょ」

「そうだよ、レアらしくない」

私はそれ以上聞けなくなってしまった。

「別に……ちょっと気になっただけ」

「やめよ、やめよ、こんな話題。もっと楽しい話しよう」

みんなで水甕を村へと運んでいく。さっきの出来事など忘れてしまったかのように、下らないお喋りをしながら。

私は口では笑いながらも、落ち着かない気分だった。泥水を啜るイディスの姿が目に焼きついている。あの、全てを諦めたような表情が浮かぶたびに、慌てて振り払った。

私は少しずつ、村に馴染んでいった。

日々の暮らしは、けっこう忙しい。

朝起きると、まずは水汲みだ。女性の仕事とされていて、女友達とお喋りしながら井戸に向かう。日によっては行列ができているけれど、話しながら待てば苦にならない。終わったら朝ご飯。バターミルクというヨーグルトにちょっと似たドリンクと、オリーブやピスタチオなどの木の実を、余り物のパンと一緒に食べる。

母さんは小麦を碾き終わったら、庭のかまどにパンを焼きに行く。父さんは革職人だそうで、弁当を持って作業場へ。私はというと、学校に行く。そう、ここにも学校があるのだ。

ノックの音に扉を開くと、利発そうな顔をした美少年がにこっと笑って言った。

「レア。一緒に行こう」

彼はアブネルという名前で、毎日私を誘いに来てくれる。ノートの代わりとして使う壺の破片も、よく私の分まで持ってきては、快く渡してくれる。男の子に親切にされるのは、素直に嬉しかった。

村の真ん中にある、二階建ての大きな家が学校だ。ここは村長の家だそうだが、一室に敷物を広げ、その上に子供たちは車座をつくる。時間になると、黒い顎髭を伸ばした村長が入ってきて、授業を始めるのだ。

「今日は申命記、二十四章の続きからだったね」

村長は脇に抱えてきた巻物を広げ、石の椅子に腰かけた。

「じゃあレア、ここからみんなの前で読んでくれるかな」

「あ……はい」

立ち上がり、差し出された巻物を受け取った。

「ええと、『もし相手が貧しい人であったとき』……」

一応字は読めるのだが、日本語の記憶が邪魔するせいか、混乱して思うように口が動かない。つっかえつっかえ読んでいると、横からアブネルが小声で囁いてくれた。

「『あなたはその質物を留め置いて寝てはならない』、だよ」

言われた通りに繰り返し、さらに続ける。

「『その質物は日が暮れる前に、必ず返さなくてはならない』……」

「書きとれる子は、できるところまででいいから、書きとってごらん」

村長は子供たちの中を回りながら、書き取りを教えている。

「……『それはあなたの神、主の前に、あなたの義となるであろう』」

「よし、そこまで」

何とか読み終えると、村長が解説を始めた。

「借金の担保に、たとえば上着やかけ布を取ったとしても、夜までにちゃんと返しましょう、という掟だね。そうすれば、相手は温かくして夜を過ごせる。貧しい人には親切に。

少し後の節にも似たような掟があるね。オリーブや小麦を収穫したら、少し畑に残しておく。困っている人たちが持っていけるように。村は聖なる共同体。共に暮らし、支え合っていくんだよ」

なるほどなあ。

掟には、現代人の私から見ても、感心させられるようなものが多い。こうした掟を始めとして、村の歴史や成り立ちなどを、読み書き計算と一緒に学ぶ。生徒は五歳くらいから中学生くらいまで、色々な子供がいたけれど、村長は丁寧に一人一人に合わせて教えていた。インクやペンも貸し出してくれ、授業料もない。学校に行きたい人は、誰でも来ていいのだ。

ただ、イディスの姿を見かけたことは、一度もなかった。

「じゃあ、みんながどれくらい暗記できているか、試してみようかな。掟をどこか、そらで言える者は？」

ややあって、アブネルが挙手した。

「僕は、申命記の二十三章、二十四節が好きです」

「ほう。じゃあ言ってごらん」

村長がにやりと笑う。

「『あなたは隣人の葡萄畑に入ったとき、葡萄を好きなだけ、飽きるほど食べてもよい。ただし、あなたの器に入れてはならない』」

一呼吸おいて、アブネルはペロッと舌を出した。

「僕は、この掟のおかげでいつでも楽しめてます」

「いつもうちの葡萄を食ってくのはお前か。困った奴だ。ほどほどにしろよ」

子供たちも、村長も、和やかに笑った。


昼過ぎには学校が終わる。それからは一応自由時間だが、ずっと遊んでいられるのは小さい子たちだけ。年長の子は仕事の手伝いに呼ばれたり、雑用を言いつけられたりする。

私は村の外で、アブネルと一緒に子供たちの遊び相手をしていた。要するに、子守りである。

「レア姉ちゃん！　追いかけっこしようよ」

「僕、石並べしたい」

「人形遊びがいいっ」

十人ほどの子供たちはみんな無邪気で、可愛い。

鬼ごっこ、かくれんぼに始まり、かけっこ、二組に分かれてのリレーなんかもやった。丸い革袋に水を詰めてボール代わりにして、投げ合ったりぶつけ合ったり。木彫りの人形でおままごと。石のおはじき、陶器のこまやさいころ。割れた陶器に絵を描いている子や、白と黒の駒を並べて頭脳ゲームに興じている子もいる。子供の遊びは、いつの時代もそんなに変わらないようだ。

そしてここでも私は人気者だった。

「次も、レア姉ちゃんと同じ組がいい！」

「ずるいぞ。今度こそ、レア姉ちゃんはこっちの組だ」

何かと子供たちは、私の奪い合いを始める。

「喧嘩しないの、私は一人しかいないから」

そのたびに、みんなをなだめる。いつも余り物だった私が、こんな台詞を口にする日が来るとは思ってもみなかった。

好かれるって、いい気持ちだ。

何をしても良いように受け取ってもらえる。かけっこで一番になれば「レアは足が速いね」と熱っぽい視線を送られ、何か失敗をしても「親しみやすいところもあるんだね」と可愛がられる。こんなに楽しいことってない。

「待て待てーっ、つかまえるぞ」

私が両手を掲げて追いかけると、子供たちはきゃあきゃあ言ってオリーブの樹の中を逃げ回る。手加減はしつつ、それでも時々両手を突き出してみせながら遊んでいると、だんだん村から離れ、荒野の方に来てしまった。そろそろ戻ろうかと思った時だった。

「わっと」

窪みに躓（つまず）き、体のバランスが崩れた。私は空中でもがき、一歩、二歩、足を出す。だが、勢いは止められなかった。そのまま頭から茂みに突っ込む。体が何かにぶつかって撥（は）ね飛ばされ、がしゃん、とけたたましい音が響いた。

「大丈夫、レア？」

アブネルが駆け寄ってくる。私は起き上がり、砂まみれになった服をはたいた。幸い、どこにも怪我はないようだった。

「凄い音がしたけど……」

あたりを見回して、私はあっと声を上げた。

茂みの中で、水甕が一つ、半分に割れてしまっていた。

「いけない。この甕、誰のだろう」

近くには小さな建物があった。

家というより物置のような簡素なもので、壁は破れて柱は傾いている。ほとんど廃屋だ。これじゃ風雨も満足に凌(しの)げない。

「ああ、何だ。イディスの家か」

ほっとしたようにアブネルが笑顔を見せた。

「え、ここが？」

私は目を疑った。何と言うみすぼらしさだろう。

「元々、村長の農具入れだったんだ。長いこと使ってなかったんだけど、いつの間にか勝手に住み着かれたらしい」

彼女は、中にいるのだろうか。私は壁に入ったひびに目を凝らしてみたが、暗闇に動くものは見えなかった。

一人の男の子が、甕の破片に駆け寄って手に取る。

「こら、こんなところに甕を置いたら危ないだろ。レア姉ちゃんが怪我したらどうするんだ！」

叫んで、破片を建物に向かって投げつけた。壁板に当たり、大きな音が響き渡る。他の子供たちもそれに続く。止める間もなく、いくつもの破片が宙を飛んだ。

「お前なんかここから出てけ」

「みんな迷惑してるんだよ！」

ばしん、ばしんと続けざまに破片がぶつかり、いくつかは砕けて細かい破片をまき散らした。呆気にとられて声が出ない。

「こら、みんな、そういうことはやめろ」

ようやくアブネルが止めてくれた。だが、その理由はイディスを心配したからではないらしい。アブネルは子供たちの手を確認しながらぼやく。

「破片で切ったらどうするんだ、全く……」

「あの、アブネル」

「ん？」

「割っちゃった甕、どうしたらいいかな」

アブネルはきょとんとした。

「何言ってるんだよ、レア」

「え？」

「話を聞いてなかったのかい。イディスの甕だよ。どうでもいいじゃないか」

真顔だった。他の子供たちも、不思議そうに私を見上げている。沈黙の中、気づけば口から勝手に言葉が出ていた。

「あ、うん……そうだね」

私はもう一度、その建物を眺めた。甕の破片が当たった壁はへこみ、歪んでいる。粉々になった欠片があたりに散らばっていた。暗い壁の裂け目の奥、あのぼさぼさに伸ばした茶褐色の髪の下で、大きな瞳がこちらを見ているような気がした。

「イディスのなら、いいか」

理由はわからない。納得したわけでもない。ただ、ここで暮らしていく上での正解ということだけは、わかった。


村は豊か、とはいかないけれど、決して貧しくもなかった。たとえば美味しい葡萄酒は飲み放題。多くの大人が水で薄めた葡萄酒を水筒に入れて、昼から仕事の合間に飲んでいる。

質の良いオリーブ油もふんだんにある。パンにつけて食べたり、ランプの燃料にしたりするほか、男性も女性も化粧品代わりに、髪や体に浴びるように塗りこんでいた。たまに商人がやってきては、たくさんの貨幣と引き換えに油を買っていく。生産地の強み、というところか。

食事も、なかなか美味しい。

主なメニューはパン、豆を煮込んだスープ、木の実なんかだけど、何日かに一度はお肉も出る。皮までぱりぱりに焼いてスパイスを塗した鳥は、絶品だ。たまに用事で街に出かけた村長が、魚を買ってきてくれたりもする。キネレト湖というところで取れる名産品だそうだ。

「この暮らしが好きだし、この仕事が好きだよ」

これは父さんの口癖。

村の外の作業場で、父さんは動物の皮を広げ、太い麺棒のようなもので擦っている。私はずっと鼻をつまんだまま、横から父さんの額の汗を拭う。

「いい加減、鼻で息したらどうだ？」

「無理。絶対無理」

できるだけ空気を吸わないようにしているけれど、それでも油断すると鼻が曲がりそうになる。

「慣れるもんだけどな」

父さんは笑って、動物の皮をお風呂のような大きな甕に突っ込んだ。どぷん、と音がして液が飛び散り、私はのけぞる。

そこには村中から集めた犬の糞が詰まっている。

詳しい理屈はわからない。とにかく皮を柔らかく綺麗になめすには、犬の糞から作った液に浸して、擦る、これを繰り返すそうだ。一体誰が発見したんだ、そんな仕組み。

父さんは糞の臭いがぷんぷんする皮をしごいてから、物干し竿のような木枠に引っかけて干す。異臭を放っている皮は、加工していくとやがて綺麗な革製品に変わる。ベルトにサンダル、水筒にボール。父さんは武骨な手で、何でも作ってしまう。

楽な仕事ではないはずだ。現代日本では、やりたがらない人の方が多いかもしれない。だけど父さんはいつも、人生に満足していると言う。その理由も何となくわかる。

この村で、革加工を本業にしているのは父さん一人だけ。つまり父さんは村一番の革職人なのだ。みんな父さんが作ったサンダルを履き、父さんが作ったボールで遊び、父さんが作った水筒を持ち歩いている。壊れたら真っ先に父さんに相談する。村にとってかけがえのない人間として、大切にされている。

それは革職人に限ったことじゃない。狩人、パン焼き、裁縫上手……誰でも何かしらの、村一番だ。中には村一番のラッパ吹きとか、村一番の大食いなんかもいるけれど、それだって祭りでは人気者だ。だからみな、自分に誇りを持ち、やり甲斐を感じて生きていける。

こういう幸せもありだな、と思う。

小さな村くらいの世界で自尊心を満たすのが、人間の自然な生き方なのかもしれない。ちょっと何かが得意なくらいでは、上には上がいると思い知らされるだけで終わってしまう現代日本が、窮屈に感じもする。

とにかく、そうしてお互いを認め合っているので、村のみんなは仲がいい。あなたがいて良かった、あなたにいつも感謝してる、そんな会話が自然と行き交う。

村は聖なる共同体——村長はそう言っていた。掟にもあるとおり、その中で人々は互いに助け合い、慈しみ合う。だから居心地が良い。

ただし、共同体の外に置かれている者もいた。

イディスである。

彼女は学校には行けず、葡萄酒も小麦粉もオリーブ油も革製品も、村人たちが分け合って融通している大抵のものが手に入らない。

人目を避けて廃屋に暮らし、捨てられた食べ物を漁り、家畜用の水を啜っている。それですら、一部の村人は「与えすぎ」と不満を抱いていた。

イディスはなぜ、人として扱われないのか。いくら聞いてもみな言うことは同じだった。

悪人だから、大きな罪を犯したから……その繰り返し。

「父さんも知らないんだよね。イディスが一体、何をしたのか」

「ああ。それは、俺たちには知り得ないことだ」

「知らないのに、どうして……」

父さんは手を止めると、私をまじまじと見た。

「レア。まさか、イディスに同情しているわけじゃないだろうな」

「いや、それは」

「祭司様が判断を下したんだぞ。お前さては、学校で話を真面目に聞いていないな」

父さんが眉間に皺を寄せて、私を睨んだ。いたたまれなくなって、私は頭を下げる。

「ごめんなさい」

「まあ、いいんだ。俺もお前くらいの時には、掟に疑問を持ったものだよ。だんだん大きくなるにつれて、飲み込めてくるはずだ」

ぽん、と私の頭に手が乗せられる。優しく撫でながら、父さんは続けた。

「気持ちはわからなくもない。イディスとは、昔は一緒に遊んでいたんだもんな」

「うん……」

私は曖昧に頷く。

だが内心では衝撃を受けていた。

そうなの？　ということは、アブネルや他の子供たちも、かつてはイディスと遊んでいたのか。一緒に駆け回り、歌い、踊っていた。それなのにあそこまで態度を変えてしまうなんて、どういうことなのか。ますます気になる一方だった。


今日もイディスが身をすくめながら、小麦畑の隅を歩いていく。

腕には半分になった甕を抱いていた。いつかの鬼ごっこ中に、私が割ってしまったものだ。割れ目を手で塞いで、ぽたぽた落ちる水に足を濡らしながら、荒野の廃屋へ向かう。

あれじゃ持ち帰った頃には、甕の中にほとんど水は残らないだろう。

病気は少し悪化したように見える。指や、破れた服の隙間から見える背中にも、皮膚の腫れや爛れが増えていた。

遊んでいる子供たちの歓声が上がるたび、イディスはびくっと震え、あたりをきょろきょろと窺っている。人影を見れば慌てて引き返し、茂みに身を潜め、やり過ごす。その間にも割れ目からは水がどんどん流れ落ちてしまう。

その姿を見ていると、胸が締め付けられるようだった。

「レア、さっきから何見てるの？」

アブネルが私を覗き込んだ。

「別に……何も見てないよ」

やけに刺々しい口調になってしまった。ちょっと驚いたように、アブネルが聞いた。

「怒ってる？　レア」

「違うけど……」

子供たちの様子を窺う。今日は人数が少ないうえに、小さい子たちは自分たちだけで遊んでいる。私は抱っこしていた赤ちゃんを差し出して言った。

「アブネル、ごめん。ちょっと私の代わりに見てて貰えるかな」

赤ちゃんが、私の顔を見て瞬きしている。

「いいけど。どうしたの、忘れ物？」

「ちょっと、用事」

「ふうん……」

首を傾げながらも、アブネルは赤ちゃんを受け取ってくれた。よし。私は弾かれたように駆け出した。まずは必要なものを取りに、家に。それからイディスの潜む廃屋へ。

扉の前で私はあたりを見回し、人影がないのを確かめてから、そっと声をかけた。

「イディス、いる？」

今にも風で倒れそうな木の扉をノックする。夕日に照らされて、私の手が長い影を作っていた。

「私だよ、レア」

返答はなかった。

「収穫祭で、一緒に葡萄蜜を食べたレアだよ」

扉が微かに動いた。隙間から、あの怯えたような瞳がこちらを見ていた。

「何か、用……？」

私の姿を認めると、静かにイディスは扉を開けてくれた。ほっとして、私は一歩中に入る。室内は押し入れのように薄暗くて狭い。そして吹き込んだ砂だらけだった。

「あの、これ。うちに余ってたもので申し訳ないんだけど。良かったら、使って欲しくて」

持ってきた物品を、私は順番に並べていく。

「割れていない水甕。それから少しだけどオリーブ油と、小麦粉と、チーズと、ナッツ」

イディスは一瞬、驚いたように目を見張った。だが品物には手を伸ばさず、困ったように私をじっと見つめている。

「わざわざ持ってきたの？　私なんかのために」

あまり嬉しそうではなかった。

「うん、使って欲しくて」

「こんなにたくさん、もらえないよ。何もお返しできないもの」

イディスは口角を不自然に上げる。卑屈な笑い方。

「いいから受け取って……肌の調子、悪そうじゃない。オリーブ油を塗るだけでも少しは違うと思うよ。皮膚は保湿が大事だから」

「肌の病気に詳しいんだね、レア」

その言葉に、奥歯を噛む。

「レア、私のことは気にしなくていいよ。この暮らしに慣れてるから。辛いとか、思わないから」

「そんなつもりじゃない。せめて水甕だけでも受け取ってほしい」

「何？　同情や憐れみだったら、いらない」

「あなたの水甕……割ったのは私なんだよ」

一瞬、イディスは沈黙した。だがすぐに、曖昧な笑みを浮かべる。

「レアのせいじゃない。あんなところに置いておいた私が悪い。それに、あの甕は捨ててあったものを勝手に使っていたから……別に、私のものでもないの。気を遣わせて、ごめん」

「どうして謝るの。イディスはいつも、自分が悪いと言ってばかりいる」

私が覗き込むと、イディスは悲しげに目をそらし、俯いた。

「ねえ、あなたは一体どんな罪を犯したの？　どうして、こんな目に遭ってるの」

「見てわからない？」

「わからないよ。私には、そんな極悪人だとは思えない」

するとイディスがいつかのように髪をかき上げた。顔の右半分が露わになる。腫れて瘤だらけになった肌、そこに血でくっついた髪が、ぱちぱちと音を立てて剥がれていく。

「汚いでしょう」とイディスが笑う。

「生きてるだけで、人を不快にさせる姿だよね。みんなが私を嫌うのも当然だと思う。私も、私が嫌い……」

そんなことを聞きたいわけじゃない。話が噛み合っていない。だが、戸惑う私の前で彼女は続けた。

「私が罪人だとわかって、両親がどうなったか知ってるよね？　父さんは家を捨てて逃げ出した。母さんは私をかばい続けて倒れて、そのまま死んだ。全部私のせいなんだよ。私は、これ以上周りの人を不幸にしたくない」

隙間から差し込む夕陽で部屋が赤く染まる中、イディスの目は昏く澱んでいる。

「レアは幸せになれる人なんだから、幸せになりなよ。私なんかに構わずに……みんなに変な目で見られるよ。贈り物、ありがとう……だけど、もうこれきりにして」

淡々と、イディスは言葉を並べて。

「私、このままでいいから」

私を拒絶した。


心にもやもやを抱えたまま、紫色に変わり始めた空の下、私は薄暗い道を歩いていた。壁に囲まれた村が、少しずつ近づいてくる。

やがて門の前に辿り着いて、ようやくそこで待ち構えていた人に気がついた。

「遅かったね、レア」

「あ……」

いつも門の横でベンチに腰掛け、杖を携えてひなたぼっこしている老人たちがいる。彼らはひとまとめに長老様と呼ばれていたが、その一人が腕組みし、悲しげに私を見つめていた。

「言い訳はしなくていい。聞いたよ。イディスのところに行ったそうだな」

見ると、そのすぐ横でアブネルが申し訳なさそうに項垂れている。

「ごめん、レア。言いつけるつもりはなかったんだけど、ずっと帰ってこないから心配で……」

「彼を責めないでやってくれ。報告するように、祭司として私が迫ったのだよ。さあアブネル。お前はもういいから、家に帰っていなさい」

祭司様は手を振って追いやった。アブネルは何度か不安げにこちらを振り返りながら、村の奥へと消えていく。二人きりになってから、祭司様はベンチに腰を下ろした。

「少し話をしようか。座りなさい」

私はそれに従う。門の左右で私たちは向き合った。

「以前から様子がおかしいと、色んな人から聞いてはいたんだ。レア、どうしてそんなに罪人が気になるんだね」

祭司様は穏やかな表情で、私に呼びかけた。

「どうしてって……」

私は下唇を噛み、しばらく考えてから顔を上げた。

「納得できないからです。イディスは、悪いことをするような子には見えません。だけど、みんなが悪人だと言うし、本人もそれを受け入れています。どうしてなのか、わからないんです」

祭司様は微かに眉をひそめたが、何も言わずに顎で先を促す。

「何の罪を犯したのかもわからないのに、こんなに差別されるのはおかしいです。何か言えない理由があるんですか。もしかして……」

しばし口ごもってから、私は言った。

「彼女が病気で、醜い外見であることに関係があるんでしょうか」

祭司様は唖然とした。

「これは小さな子供でも知っていることだが、レアは忘れてしまったのかな。まあいい、もう一度説明しよう」

それから天を見上げ、ゆっくりと話し出した。

「掟に従って、イディスを罪人とみなしたのは私だ。だがね、彼女がどんな悪事を犯したのか、それは私も知らないのだ」

私は耳を疑った。

「どういうことです。意味がわかりません。それでなぜ、イディスが罪人になっちゃうんですか」

祭司様はそっと教え諭すように続ける。

「順番に説明しよう。レアは学校で掟を学んでいるね。掟を破ったらどうなる？」

「つまり人を傷つけたり、物を盗んだり、そういうことをしたら、ということですよね。捕まって、裁かれる……でしょうか」

「そうだね。私たち長老が相談して、裁きを行う。長老だけでは決められないような難しい問題であれば、街の評議会(サンヘドリン)で決められる。だけどね、捕まらなかった悪人はどうなる？嘘をついてみんなを騙しとおして、逃げてしまった悪人は？」

「それはもう、仕方ないのだと思います」

「でもね、レア。そうだとすると、うまく逃げ切れるなら、掟を破ってもいいって話になるよ。ずる賢い人が、善良な人よりも得をする。そんなことがまかり通っていいのだろうか？」

　しばらく考えてから私は頷いた。残念ながら、それがこの世界というものだろう。しかし祭司様は、大真面目な顔で言った。

「もちろん、間違っている。どんな悪人にも、必ず裁きは下されることになっている」

「そんなの、誰がどうやって……」

「もちろん、神様（アドナイ）だ。私たちに掟を与えてくれた存在。神様は人間と違って、悪人を決して見逃すことはない」

　私はごくりと唾を飲んだ。祭司様の口調は、宗教者というより科学者を感じさせた。まるで世の中の絶対的な理（ことわり）を、説いているようだった。

「どのように裁きを行うかというと、たとえば炎の蛇をつかわす。これに噛まれると肌が腫れ上がり、爛れてしまう。あるいは目が見えなくなったり、歩けなくなったりする」

「肌が腫れ上がるのは、神の裁きなんですか？」

「そうだよ。火傷や吹き出物を除いて、皮膚の病気は罪の現れだ。その人がどんな悪事を犯したのか、それは神様しか知りえない。私たちにはわからない。だがその人が悪事を犯したかどうかは、病気によってわかるのだよ」

　背中にぞくりと悪寒が走った。

「まさか。ということは、イディスは……」

「あの子に現われた病気を見ただろう？　何という恐ろしい姿か。どれほどの重罪を犯せば、あのようになるのか想像もつかない。私たちは誰も、イディスがあれほど罪深い子だとは思っていなかった。人は見かけによらない……いや、そもそも人は人を完全に理解などできないのだろう。善悪をはっきり示せるのは、神様だけなんだ」

なんということだ。

やはりイディスは罪など犯していなかったのだ。あの子は、ただ皮膚病になっただけ。

しかしこの世界では、病気とは罪なのである。それが常識であり、誰もがその前提で暮らしている。

「罪人をそのままにしておいてはならない。ソドムの町の話は知っているね。あまりにも人々が乱れた暮らしをしていたために、火と硫黄で町ごと滅ぼされてしまった。これも神様の裁きだ。私たちは罪人を追放し、常に共同体を清く正しく保たねばならない。レア、わかるね？　イディスは追放されなければならなかったんだよ」

聖なる共同体と、汚れた罪人。

健康な人々と、病人。

二つは一緒にいてはならない、分かたれなければならない。ウイルスや細菌、アレルギーといった病気のメカニズムがわかっていない時代の、生きる知恵でもあったのだろう……健康な大多数の人々からすれば。

「だけどそれじゃ、あまりにもイディスが可哀想じゃないですか」

思わず私は身を乗り出した。

「ああ、イディスは可哀想な子だよ。私も残念に思っている」

悲し気に目を伏せる祭司様。

「だが仕方ない、罪は本人の過ちだ。私たちにできるのは、同じような人間が現われないように掟をきちんと教え、守らせるだけ。わかったかな、レア。お前も掟をしっかり守りなさい。イディスのようになってからでは遅いんだよ」

真剣な面持ちで祭司様は言う。私は何も言えなくなってしまった。この世界の常識にどう抗えばいいのか、わからなかった。


私だけが知っている。イディスは悪いことなどしていないと、私だけが。他の村人はもちろん、イディスですら気づいていない。

家に向かって歩きながら、私は考え込んでいた。

このままでいいんだろうか。イディスは、このままで……。

首を横に振る。

いいはずがない……でも、私に何ができる?

仕方がないことだ。健康な人の世界と、病気の人の世界の間には、どこかで線が引かれている。それは現代日本だろうと、この世界だろうと同じだ。病気が治らない限り、下から上に行けはしない。

私は、下の世界にいたくなかった。田原さんたちのように、上の世界に行きたかった。だから今、私はレアとして、ここにいるんじゃないか。そういうものなんだ。世の中とは、そういうもの……。

家に辿り着いても、扉の前で私はぼうっと考え込んでいた。

「こんな時間まで、どこに行ってたの。心配したんだよ」

気づいた母さんが、扉を開けてくれた。

「ごめんなさい」

足の砂を洗い落とすのも忘れ、私はよろめくように中に入る。母さんが後ろ手に扉を閉めた。

「レア、ちょっといい。チーズやナッツ、油なんかが減ってるみたいだけど」

「あ……ごめん。食べちゃった」

母さんはあからさまに、私を疑いの目で見た。だが、奥から父さんが「まあいいじゃないか」と声をかけると、頷いた。

「そうね。今日はめでたい日だものね」

「え？」

敷物の上に並んでいる夕食が、いつもより少し豪華なことに気がついた。スープに鶏肉、そしてざくろ。何より私の目を引いたのは、革袋にいっぱいに詰まった銀貨と、そのうち何枚かを束ねて作られたヘッドバンドだった。

あれは何、と聞く前に父さんがヘッドバンドを拾い上げ、にっこり笑って私のそばにやってきた。

「婚約おめでとう、レア」

そう言ってヘッドバンドを私の頭に巻き付けた。額で銀貨がしゃらん、と音を立てて揺れる。

「婚約って、そんな。私まだ、十二歳になったばかりだよ」

「来年は十三歳、立派な大人じゃないか」

母さんも父さんも、微笑んでいる。冗談ではないらしい。

「相手は誰なの？」

「将来有望な男だぞ。祭司様の息子、アブネルだ」

「アブネル……」

「まんざらでもないだろう？　いくら親同士で結婚相手を決めるといっても、仲が悪い相手を選んだりはしないさ。俺たちにとっても、レアの幸せが一番大事なんだからな。向こうもお前が、前から気になっていたそうだぞ」

「うん……」

この結婚が、何を意味するのかは私にもわかる。

アブネルは優秀で、村のみんなから一目置かれていて、いずれは父の後をついで祭司様になると言われている。つまり、生活も安泰ということだ。この世界に生きる女として、最高の幸せの一つ。

少なくとも父さんと母さんは、そのつもりで縁談をまとめてきたに違いない。

喜ばなくちゃ。喜ぶべきなのに。

「ありがとう」

両親の前で、笑顔を作って頭を下げる。だが、頭の中ではイディスの言葉がこだましていた。

――レアは幸せになれる人なんだから、幸せになりなよ。私なんかに構わずに……。


結婚の話は、翌日には早くもみんなに広まっていた。

「レア、おめでとう。結婚式、楽しみだね」

「おめでとう。ヘッドバンド、似合っているよ」

口々に祝われる。銀貨のヘッドバンドには、婚約指輪のような意味合いがあるらしい。これから結婚の日までずっとつけるそうだ。

「羨ましいな」

水汲み場で女友達の何人かは、率直にそう言った。

「アブネルを悲しませたら、許さないからね」

「でも、レアならお似合いかも」

お礼を口にはしつつも、私はみんなの言葉をどう受け止めていいかわからなかった。どこか現実味がなくて、遠い誰かの結婚話を聞いているような気がした。

もっとも、アブネルと顔を合わせた時には、赤面した。

「やあ。ヘッドバンド、綺麗だね……これからも、よろしく」

そう言って笑うアブネル。この人と家族になり、これから人生を共にする約束をしたのだと思うと、少し照れる。

愛美だった頃には、恋愛や結婚なんて想像もできなかった。自分が愛されるなんて考えもしなかったから、愛することもないと信じていた。田原さんたちが誰かと付き合ったとか、別れたとか話しているのを、別世界の出来事のように聞いていた。

こっちの世界では、何もかもとんとん拍子にうまくいく。

「こちらこそ、よろしくお願いします」

私が頭を下げると、ふふっ、とアブネルは笑う。

「何かこういうのって、変な感じだよね」

私たちの婚約は、子供たちにも知られていた。だから、二人で子守りをしていると「お父さんとお母さんみたい」とからかわれたりする。

「ほい、レア」

二歳になる女の子がおしっこをしたので、くるんでいる毛布を替えてやる。

「はい、アブネル」

汚れた毛布を渡し、代わりに新しい毛布と、オリーブ油の壺を受け取る。水でお尻を洗って、油を塗り、毛布を巻いて終わり。息の合った作業。

「僕たち、結婚してもうまくやっていけそうだね」

彼が言うように、きっとアブネルとなら私は幸せになれる。

だが、私の頭の中を占めているのは、結婚とは別のことなのだった。

「そうだ……祭司様って、アブネルのお父さんなんだよね」

「え？　そうだよ」

「祭司様って、遠くの街で学問を修めた人なんでしょう」

「うん。今でも時々、勉強のために旅に出ているね」

「じゃあ、遠くの街のことにも詳しいのかな」

私の真剣な表情を見て、アブネルは首を傾げた。

「まあ、そうだけど。何か知りたいの？」

相手が怪訝そうにしているのを見て、一瞬躊躇った。だが、それでも私は聞いた。

「重い皮膚病を治せる医者は、この時代にはいないのかな。大きな街だったら、もしかしてと思って」

アブネルは眉間に皺を寄せ、困ったようにため息をついた。

「イディスのこと？」

「うん……」

図星を突かれ、私は俯く。

「街にまじない師はいるけれど、罪の重さに見合うだけのお金を取るらしいよ。とてもオリーブを売るくらいじゃ賄えない額だって。他には、遥か西の国には、僕たちが想像もできないような技を駆使する医者の一派がいるとか、東の方にお金を取らず、どんな難病も治す医者がいるとか、聞いたことはあるけど……」

「そうなんだ。じゃあ、まだ治る可能性も」

「レア。もうイディスを気にかけるのは、やめなよ」

アブネルはきっぱりと言った。

「どうしてそこまで悪人を心配するの？　僕には、レアがわからないよ」

私は何も言えなかった。

そうなんだろうな。

現代日本でたとえるなら、裁判で有罪と決まり、刑務所に入った人に、可哀想だからと手を貸すようなものだろうか。誰にも、本人にすら頼まれていないのに、自分の生活をないがしろにしてまで。

「僕や父さんの立場も考えてよ」

彼は少しだけ、声のトーンを落として続けた。

「父さんは、レアを買ってる……本当だよ。この村を支える人になるって信じてる。僕も同じ気持ちだ。だけど、君はイディスのことになるとおかしくなる。普段は真面目なのに、どうしてなの」

「みんなが君を心配してる。村長だってそうだ。このまま君が変わらないなら、村長は本当に、イディスを」

　そこでアブネルははっと口を押さえ、黙り込んだ。

「何？　イディスをどうするって言うの」

　口を滑らせた。そんな顔で俯くアブネル。

「答えて、村長は何を考えてるの」

　私が食い下がると、仕方ない、という顔で話してくれた。

「……廃屋を整理するんだって」

「整理って、どういうこと」

「建物を潰して、その分畑を広げるんだ。元々は村長の持ち物だからね。これまではイディスへの温情でそのままにされていたけれど、君みたいに、村人に悪影響があるのなら、いっそ……」

「別に、私は……」

　私の声が震えた。

「イディスはどうなるの」

「出て行ってもらうことになる。従わなければ、たぶん力尽くでも」

　私は荒野に目をやった。枯れかけた茂みに囲まれて、廃屋はまだそこにある。あまりにも頼りなく、建っている。

「いつ？　いつ、そんなことをするの」

「そこまでは知らないよ。でも、僕たちの結婚式まではお祝いの雰囲気が続くから、その後じゃないかな」

　きっと何も知らず、今日もイディスは闇に潜んでいる。己の幸せを諦めて。

「だから、もうイディスには関わらない方がいい。君が疲れるだけだ。わかるよね」

　私を気遣うアブネルの声は、ひどく冷たく感じられた。


　その日、私は家の中で大人しく座っていた。

　母さんが気を利かして、一人きりにしてくれたのだ。

　家の中をじっくりと見回してみる。四角い窓に、並んだ甕、隅に立てかけられた敷物、石臼。両親やロバと一緒に寝起きした、この家とも今日でお別れだ。明日からは新しい家での暮らしが始まる。

　転生してきたのが、ずいぶん昔のように感じられる。よく考えてみれば、半年ほどしか過ぎていないのに。

　額で、銀貨が揺れている。窓から差し込む夕陽を受けて煌めきながら、時折鈴のような音を立てる。

　ああ、遠くから音楽が聞こえてくる。

　儀式の始まりを告げる曲だ。

きっと今頃、アブネルの家から行進が始まったところだ。アブネルとその家族を先頭に、友達や子供たちが連れ立って進んでいく。みな、とっておきの服に身を包み、宝石を身につけて、手には松明(たいまつ)と楽器を持っている。

ラッパを吹きならしている人がいる。タンバリンのような楽器を叩いている人もいる。みんなで音楽を奏で、歌いながら、夕暮れの村をぐるっと遠回りに、一歩一歩踏みしめるように私の家に向かう。私を迎えに、やってくる。婚礼の行進だ。

今日の私は、とびきり綺麗に着飾っている。

赤と紫に染められた上等の服と、触り心地の良いヴェール。体と髪には香料入りの特別なオリーブ油をたっぷりと塗りこんだ。いつもすべすべの肌が、今日はさらに艶めくよう。滑らかで、傷一つなく、痒みや痛みとは無縁の肌。

やっと手に入れた肌。

きっと今頃、イディスも同じ音楽を聞いているだろう。

廃屋の中で、ぼろきれに身を包み、ぼさぼさの髪の下で膿(う)んだ皮膚を撫でながら。

こうして私がイディスを想っているように。イディスもまた、私の結婚について、今まさに思いを巡らせているのかもしれない。

私は目を閉じた。大きく息を吸って、吐いた。

覚悟を決めよう。私は幸せになるべきだ。そのためにここに来たんだ。イディスのことなんか、忘れよう。

やがて婚礼の行進は止まる。歌が、すぐそこから聞こえてくる。家の前で、母さんとアブネルが何か話しているのが聞こえた。

いよいよ時が来た。

ノックの音が響く。一度、二度、そっと叩いてから、母さんが呼びかけるだろう。

「レア。お迎えが来ましたよ」

返事がないのを訝しみ、何度か声かけを繰り返した後に、扉を開くはずだ。

「……レア？」

そして見る。空っぽの室内と、夜風に揺らめくカーテンを。


昨日までと変わらず、廃屋は暗がりにそっと佇んでいた。

「イディス！」

扉を叩き、私は何度も呼びかける。

返事はなかった。

扉をひっつかみ、こじ開けると、屎尿くさい空気が中から溢れてきた。暗い部屋は砂と埃まみれ。その端っこで壁に背を寄せるようにして、イディスが力なく横たわっていた。

「大丈夫？　イディス」

慌てて駆け寄り、抱きかかえると、イディスは胡乱な目で微かに瞬きした。ひどく衰弱している。頬はこけ、目の周りがくぼみ、肌が乾燥しきっていた。

「イディス、ご飯は？　いつから食べていないの。水はちゃんと飲んでる？」

イディスが目を丸くした。おそらく、私の花嫁衣装を見たからだろう。

「何してるの……レア。どうして、ここにいるの」

「ああ、水を汲んでくれれば良かった。家のパンでも持ってくれれば良かった。ごめんね。ずっと放っておいて、ごめん」

「私のことはいいから」

「とにかく、今から井戸に行こう。立てる？　肩を貸すね」

支えて立ち上がろうとしたが、イディスは弱々しく首を横に振った。

「だめだよ、私は罪人だから。村の人の手を借りて、村の井戸をおおっぴらに使うなんて、許されない」

「だけどイディス、このままじゃ死んじゃうよ」

「大丈夫。雨が降れば、いくらでも飲めるもの。レアは早く結婚式に戻らないと。みんなきっと、困ってるよ」

「どうして？　どうしてこんな目に遭わされても、あなたは掟に従うの。どうしてあなたにひどいことをしたみんなの心配をするの？」

イディスは目を伏せた。

「みんな、悪い人じゃないよ……仕方がなかったんだ。好きで私に意地悪したんじゃない。私が罪人になったから、そう扱うしかやりようがなかったんだ。その証拠に、夜中に井戸に行ったり、落ちている甕を拾ったりしても、みんな黙っててくれたもの……」

健気に微笑み、途切れ途切れに話すイディスを見ていると、切なくて胸が張り裂けそうだった。イディスの気持ちが、痛いほどわかる。涙が零れそうになるのをこらえ、私は喉を震わせながら言った。

「まだ、好きなんだね。まだ、友達だと思ってるんだね。みんなのことを……」

田原さんの姿が脳裏に浮かんだ。茶色く染めた髪を翻して、決して目を合わせようとせず、私を笑う声。

「愛されるために、みんなと同じ世界で生きるためには、これしかなかったんだね。みんなの望む自分でいるしか、他に方法がなかったんだよね」

「レア、私を馬鹿にしてるの？」

イディスが私を睨みつける。

「違うよ」

「じゃあ何なの。知ったようなことを言って。あなたに、幸せになれるあなたに。肌も綺麗で、病気一つないあなたに、私の何がわかるっていうの」

「わかるよ」

私はイディスの目を真っ直ぐに見返す。

「私にはわかる。あなたは私だから」

「何を、言って……」

イディスはそのまま沈黙した。私とイディスは、そのまましばらくお互いを見つめ合った。

見える。私には、イディスに重なって、いつか鏡で見た光景が見える。髪で隠されたぼろぼろの皮膚。薬でべとべとの体。痛くて痒くて、醜い姿。いつも打ちのめされて、悲しくて、辛くて、それでも一生懸命だったあの子。

愛美。

「初めからレアとして生まれていたなら、きっと何も考えなくてすんだ。普通にアブネルと結婚して、そのまま幸せになったと思う。でも、私にはできない。どうしても、できなかった……それは私が愛美だから」

「あなた、誰なの？　レアじゃない。いや、レアだけど、違う……あなたは、一体」

「私は愛美。あなたは、この世界の愛美。だからあなたを見捨てて、私が幸せになれるわけがないんだよ。私がずっと幸せにしたかったのは、愛美なんだから。私はレアになりたかったんじゃなくて、愛美を救いたかったんだ」

破れた壁の隙間から、月の光が差し込んでいる。暗黒に一条の光が差し、私とイディスの間を照らしている。

私はイディスの耳元で告げた。

「落ち着いて聞いて、イディス。ここにいると危険なの。村の人たちが、あなたをここから追い出しに来る。ううん、もしかしたら……殺されるかもしれない」

「まさか、そんな。殺されるなんて」

イディスが笑い飛ばそうとした時だった。外から、何か硬いものを激しくぶつけ合うような音が聞こえてきた。

「聞こえるか、罪人！」

まさか、もう来たのか。息を潜めていると、村長の声がした。

「いつまでも居座り続けて。こちらの我慢にも限度がある！」

学校で子供たちを見て回る優しい顔からは、想像がつかないほど攻撃的な口調である。

「井戸を使ったり、余った小麦や葡萄を持っていくのも、大目に見てきた。ひとえに我々の寛大さゆえだ。それに甘え、当然のように住み着く態度には、反省の色が全く見られない。いいか、これが最後の警告だ。即刻、ここを出て行け」

イディスが私に寄りかかり、微かに震えている。口は半開きで、目は扉にじっと向けられている。顔色は蒼白だ。

「十数える間に出て行かない場合は、この廃屋に火を放つ！　本気だぞ」

イディスがひっと息を呑むのがわかった。

「いいか、数えるぞ。十、九」

「まさか。そんなはず、ないよ。まさか……私、まさか……」

イディスがわなわなく。その目から、涙が音もなく流れ落ちる。

「私、そんなに……」

「八、七」

「生きてちゃ、いけないのかな……？」

力なく倒れかけた体を、私は肩を掴んで支えた。

「六、五……」

イディスの頬を掴んで、私の方に向ける。そのまま、精一杯の思いを込めて私は叫んだ。

「生きてちゃいけない生き物なんかいない。幸せになっちゃいけない人なんていない！

間違ってるのは、世界の方だよ！」

イディスが瞬きした。私を見上げる瞳から、あの昏い、怯えたような光が初めて消えた。

「ここから出よう。幸せになれる場所を探すんだ。私が手を貸すから……」

「四。あと三つだけだぞ。三、二……」

イディスが私の手を取った。その骨張った手を、しっかりと握り返す。

「行こう！」

一の声が聞こえるか聞こえないかの刹那、私たちは扉を蹴り開けて、月下の荒野に飛び出した。

闇の中に松明と、短剣が揺れている。

廃屋を取り囲んでいたのは、村長を筆頭に、祭司様や父さん、そして村の主だった男たちだった。花嫁衣装のまま、ヴェールを翻して飛び出してきた私を見て、彼らは度肝を抜かれたらしかった。

「今だよ、早く!」

一瞬の隙を突いて、私たちは包囲を抜ける。畑の手前で、つんのめるようにしてイディスが倒れた。骨と皮ばかりの体を受け止め、そのまま背負い上げると、私は走った。

ややあって、悲鳴に近い叫びが聞こえてきた。

「イディスだ! あの悪人が、花嫁をかどわかした。追いかけろ、見つけ次第、殺せ。レアを取り戻すんだ!」

小麦畑に飛び込み、茎と葉をかき分けながら疾走する。とにかく村と反対側に向かって、地面を踏むことだけを考えよう。右、左、右、左。そう、交互に蹴り抜くことだけを考えるんだ。

私は村で一番、足が速い。アブネルより速いんだ。そう簡単に追いつかれるもんか。

背後で掠れ声がする。耳を澄ますと、イディスの喘(あえ)ぐような声が聞こえた。

「レア。行く当ては……あるの」

「今、考えてる」

あっという間に畑を抜け、再び荒野に入った。強い風が吹いている。物悲しい響きの中で、砂が逆巻いている。

必死に私は記憶を手繰(たぐ)った。何か、なかったか。何か頼れるものは。そうだ、アブネルが言っていた。西の国には医者の一派がいるとか。東にはお金を取らず、どんな難病も治す医者がいるとか。どちらもただの噂かもしれないけれど。

ちょうど今向かっているのは、東の方角だ。私は背中に向かって叫ぶ。

「このまま東に行く。いい医者がいるかもしれない」

「いなかったら、どうするの」

「西に行く！」

しばらくイディスは呆気にとられたように、黙っていた。やがて、くっ、くっと押し殺したような笑いが聞こえてくる。

「レア、こんな時に冗談は、やめて」

「私は大真面目だよ」

村が遥か遠くに見える。いつもの何倍も明かりが灯され、たくさんの人が走り回っていた。対する荒野には生命の気配がなく、暗黒に包まれた大地が続いている。だが、そこで私とイディスは二人きりで、自由だった。

だんだん息が切れてきた。私は自分に言い聞かせるため、声に出す。

「もっと飛ばすよ」

「うん」

イディスが、しっかりと私にしがみつく。冷え切った地面、乾ききった空気の中で、確かな彼女の温かさを感じながら、私は走った。肺と心臓が拡張と収縮を繰り返し、酸素を取り込んだ血が全身に巡り、私の筋肉を余すところなく動かしている。

ああ。私は、私たちは、生きてる。

そのまま一晩、立ち止まらなかった。

疲れたら歩き、力が戻ってきたらまた走った。こんなに走るのは初めてで、そして最後だろうと、少しずつ明るくなっていく空を見上げながら思った。

眩しい朝日が私たちを照らす頃、再び小麦畑が見えてきた。

走って、走って、隣村に辿り着いたのだ。普通は馬や駱駝で行くような道を、足だけで、それもイディスを背負って走破したことに我ながら驚いた。

早朝だというのに、人だかりができている。それも村を囲む壁の外、小麦畑のただなかに建つ、用具入れのような小屋の前に。一体何事だろう。

口を利く余力もない私たちは、よろめきながら人混みの近くまで歩き、オリーブの樹の横に腰を下ろした。

もう動けない。足が棒のようだ。背負われっぱなしだったイディスもしがみつき続けて相当疲れたらしい。

イディスと二人、喘ぎながら座り込む。呼吸が落ち着くのをゆっくり待っていると、背の高い若い男が一人、こちらに近づいてきた。

妙な格好だった。髪も髭も伸び放題、ぼろきれのような服をまとい、片手に枝をそのまま取ってきたような杖、片手に小さな椀を持っている。風体はみすぼらしいが、その目には理知的で、力強い光が宿っていた。彼は丁寧な仕草で椀を私たちに差し出しながら、聞いた。

「ずいぶん疲れた様子だね。飲むかい」

椀には水が入っていた。私とイディスは、返事もせずにむしゃぶりつく。全部飲み干したいところをぐっとこらえ、二人で半分ずつ分け合ってから、おかわりをねだった。男は快く応じてくれた。

私たちが一息ついたのを確かめると、相手は微笑んだ。

「君たちも、診てもらいに来たのかな」

その言葉に私は身を乗り出す。

「診てもらうって、もしかして……」

男は一つ頷き、小屋の方を向いた。

「今お師さまは、別の者を診ておられるよ」

私とイディスは顔を見合わせ、脱力したみたいに笑い合った。信じられない。医者の噂は本当だった。細い希望の糸が、何とか繋がった。

「あの、お金はいらないって聞いたんですが」

「そうだよ、何もいらない。お師さまは罪人を招くためにここに来た、罪人なら誰でも見る。君たちは運がいいよ。もう数日したら、ここを出てまた違う村へと旅に出るところだった」

男性はこちらに背を向ける。

「しばらくここで待つように。私はお師さまに伝えてくるからね。順番待ちの列は長いように見えるけれど、ほとんどは見物の者だ、そう時間はかからないよ」

話がうまく行きすぎて、少し怖くなる。私とイディスは黙りこくったまま、落ち着かない思いで待ち続けた。

小一時間ほども過ぎただろうか。やがて小屋の中に招かれ、私とイディスは並んで木製の椅子に座らされた。狭い小屋の中には、せいぜい水甕があるくらい。医者道具らしきものは何もない。

お師さまと呼ばれた、たくましい男が椅子に座っていた。

その人はイディスと大差ない、ぼろきれに近い粗末な服を着て、何の変哲もない木の枝を杖として携えたまま、私たちをじっと見つめていた。

イディスの病状、そして訳あって村にいられなくなったことを、私からかいつまんで話す。その間、相手は微かに頷いてはいたが、表情は変わらなかった。堂々とした、それでいて人を落ち着かせる佇まい。静かだった。室内には外と別の時間が流れているような気がした。

「では、見せて貰えますか。あなたの罪を」

医者が言った。

イディスはしばらく両肩を抱き、震えていた。肌を晒すのが怖い気持ちは私にもわかる。

私はイディスの背にそっと手を当てた。

大丈夫。何を言われたとしても、私は味方だから。

少しずつイディスは落ち着きを取り戻すと、決意したように立ち上がり、麻服を脱ぎ始めた。べり、と服にくっついて固まった瘡蓋が剥げる音がした。小屋の隙間から覗いている見物人たちが、恐怖の呻き声を漏らす。

肌はひどい有様だった。顔の右側から首、そして背中から胸にかけて、胴体をぐるり一周するように腫れが広がっている。真っ赤な傷口と、その内側に見える肉。肌の一部は瘤のように固まり、穴がぷつぷつ開いている。もはや火山岩か何かのような質感だった。右手は末端が黒く変色して、水が腐ったような嫌な臭いを放っている。

へそ周りや肩、乳房の下側など、ところどころ健康な皮膚も残っていたが、かえっていびつに感じられた。醜悪。私ですら本能的に顔を背けたくなるようなおぞましさが、彼女を外側から覆っていた。

腰布一枚になったイディスは、俯いたまま、涙ぐむ。

「これほどの罪です」

イディスが、ぽつりと言った。

医者は静かに頷き、一歩、歩み出る。

「これはあなたの罪ではありません。あなたの親や、先祖の罪でもありません」

穏やかだが力強い声だった。

「そもそもの考えが間違っているのです。これは罪に対する、神からの罰ではない。これもまた、神の御業が現われたゆえなのです。この世界を豊かに、栄えさせる一つのあり方。美しい世界の一部なのです」

私は医者の顔を穴が開くほど見つめた。

本気で言っているのだろうか。そんな綺麗事なら、誰にでも言える。

だが次の瞬間、そんな思いは消し飛んだ。

医者は目を閉じ、イディスの額、血と瘡蓋に塗れた腫れ物だらけの肌に、そっと口づけをしてみせたのである。

「何をされるのですか」

驚きのあまりイディスはのけぞって、後ずさりする。あたりでざわめきが起きた。だが医者は、ひるむ様子も見せなかった。

「汚いですよ。やめてください」

次にイディスの黒くなった指に触れ、臭いを発しているそこを優しく、丹念に撫でる。愛おしそうに、何度も何度も。芝居がかった様子ではなく、子供を慈しむような自然な仕草であった。

「汚くなどありません。緑に溢れた農地が健康な土地で、砂漠は病気の土地ですか。そう簡単なものではありません。大きな流れの中で、異なった顔を見せるだけです。そうしてつり合いを取って、関わり合いながら、この精緻で美しい世界を成している。人も同じことなんですよ。私が口づけをしたのは、その証としてです」

「そんな……」

イディスはもう、抵抗しなかった。顔をくしゃくしゃにしながら、その手の動きをじっと見つめていた。医者はイディスの目を見てほんの少し微笑み、お告げのように一言、付け加えた。

「おわかりですね。あなたの罪は赦(ゆる)されました。いえ、初めからなかったのです」

見物の者たちが感嘆の息を吐く。病気が治ったわけではない。村のみんなが態度を改めたわけでもない。だが、イディスの顔はいくぶん晴れやかになっていた。

私はただ、呆気にとられていた。この時代に、こんな考え方の人もいたのか。

「さあ、次の人を連れてきてください」

「はい、お師さま」

服を着ているイディスに、ふと思い出したように医者は言った。

「そうだ、あなたたちは村から逃げてきたと言いましたね。行くところがないのですか」

「実はそうなんです」

俯く私たちに、医者は優しく言う。

「ふむ。では、一緒に来ませんか。私たちは、もっと多くの人を癒やし、この考え方を広めて回りたい。そのために旅をしています。みな同じ思いなので、あなたを罪人扱いするような人はいませんよ。どうでしょう」

「……いいんですか。私なんかが」

イディスの問いに、医者も、さっきの男性も頷いた。

「もちろんです。色々と手伝いをしてもらいますが」

私は目の前の光景に、愕然としていた。

こんなことがあるのか。つい昨日まではどこにも行き場がなかったのに、あっさりと居場所が見つかるなんて。

「ぜひ、お願いします。私にできる手伝いなら何でもします」

いや、簡単に見つかったわけじゃない。

行動したからだ。村を捨てて、真っ暗な荒野に飛び込んだ。もうだめだと思いながらも、諦めず、必死に前を向いて走った。

色々な人がいる。病人は罪人だと決めつけて譲らない人もいれば、罪などないと言い、病気を受け入れ、共に生きてくれる人もいる。価値観は、今そこにある一つだけじゃない。自ら行動した者だけが、新しい人に出会えるのだ。

愛美もそうだろうか？

どこかに、愛美を愛美のまま、輝かせてくれるような場所が、人が、存在するのだろうか。愛美こそが愛美を、檻に閉じ込めていたのだろうか。

「レアは、どうするの」

はっと我に返る。小屋を出た小麦畑で、イディスが私に話しかけていた。

「あなたはどうする？　ここの人たちと一緒に行くか、それとも……」

　私は左手を見た。そこには指輪が嵌まっている。その役割を、こっちに来てから初めてちゃんと思い出した。

「ごめん、イディス。私……これから凄く、変なこと言う」

　不思議そうに瞬きするイディスに、私は告げる。

「私、ここで死ぬよ」

「死ぬ……？」

　私の大真面目な表情に、イディスは黙って先を促した。

「私が元いたところに帰るには、この肉体から抜け出さなきゃいけない。魂が、ここから離れなくちゃいけないから」

　茶褐色の髪の下から、大きな瞳がこちらを見ている。

「元いたところって……村、じゃないよね」

「わかるの？」

　小さく頷いて、イディスは続けた。

「葡萄畑で会った時から、あなたはレアじゃなかった。ううん、レアだけど……何かが違った。そう、帰る時が来たんだね」

　彼女は私の目を覗き込むように見ていた。レアの肉体の奥に隠れた、私を見るように。

「死ぬんじゃなくて、向こうで生きていくんでしょう？」

「……うん」

どうしてわかるんだろう。何も説明していないのに、どうしてそこまで。

「何だか、そんな顔をしてるから」

嗚咽しかける私の背に、イディスがそっと腕を回してくれた。温かい体温が伝わってくる。

「私、ちゃんとやっていくよ。ここは別の世界だけど、今度こそきっと、前を向いてやっていくから、だからイディスも……」

イディスが頷く。何だか懐かしい匂いがした。

「ありがとう、レア。あなたのおかげで私、村から出る勇気を持てた」

「ううん、違うの、イディス。勇気を貰ったのは、私……私の方」

話すたび、涙がこみ上げてくる。

離れがたい思いを抱えながら、私はイディスと見つめ合った。

「何と言ったらいいか」

しゃくりあげて、声にならない。

「わからないの」

ようやく、本心と本心で向き合えた気がする。言いたいことが、伝えたいことが、抱えきれないくらいたくさんあるのに、一つも出てこない。言葉になってくれない。

そんな私に向かって、イディスが優しく微笑んでくれた。

「きっと私たち、立場が逆だったとしても、同じことをしたんだろうね」

私はただ、ぼやける視界の中で懸命に頷く。

「ね、レア」

「何？」

「葡萄蜜、ありがとう」

その言葉で、脳裏にさっと蘇る。あの収穫祭の日、葡萄畑の隅で二人で舐めた木匙の葡萄蜜。甘くて酸っぱくて、芳醇な香り。

「美味しかったね」

そう言うイディスも泣いていた。笑いながら、泣いていた。

「うん！　美味しかった、凄く美味しかった！」

私は叫んだ。

「あんなに美味しいもの、初めて食べたよ！」

行かなきゃ。もう、行かなきゃ。

「さよなら、イディス」

「またね。レア」

私が念じると、来た時と同じように世界が細かい虹色の粒子に変わっていく。その中にイディスも、荒野も、小麦畑も、何もかもが吸い込まれて消えていって……。

やがて全てが暗転し、再び粒子が結びついて、形を成していく。

気づいた時、私はあのアパートの座布団に座っていた。まだ、紅茶の香りが僅かに漂っている。古狩サトルが、不思議そうに私を覗き込んでいた。

額にじんじんと響くアトピーの痛みが、久しぶりに蘇ってきた。

†

よし。

大胆に切りそろえた前髪の下、額に薬を塗り終わって、私はトイレを出る。

ちょうどそこで、田原さんたちに出くわした。

「あれ。おはよう、愛美。誰かと思った」

「おはよう、田原さん」

「何それ、髪型変えたんだ。凄いじゃん、思いっきりショート。でもそれでいいの？　額も首筋も、赤くてぼろぼろなとこ、見えちゃってるけど」

田原さんとその取り巻きが、私を囲んであちこち指さす。ここが瘡蓋だらけ、ここが掻き痕になってる、などと口々に繰り返す。

私は一言だけ返した。

「もう、隠すのやめたんだ」

田原さんがひるんだように黙り込んだ。私が横を通って教室に入ろうとすると、慌てて追いすがってくる。

「ちょっと待って、愛美。話はまだ終わってないから」

「何？」

「今日の放課後、またカラオケ行こうと思ってるんだ。だから、いつものように掃除当番、代わりにお願いできるかな」

取り巻きの二人がニヤニヤ笑っている。私は一つため息をついて、言った。

「今日は、やめとく」

「え……」

取り巻きも含めて、三人が絶句した。そのまま互いに顔を見合わせ、沈黙している。

「もういいよね」

私は田原さんに一瞬目を合わせると、立ち尽くしたままの彼女の体をかわして教室に入った。

授業が始まってからも、田原さんたちはひそひそ、私を見ては何か話し合っていた。いや、彼女たちだけではない。教室のあちこちから、視線を感じる。

「いきなりどうしちゃったの、あれ」

「意味わかんない、ちょっと怖いんだけど……」

板書をノートに取っていると、そんな声が聞こえてくる。

胸がちくりと痛んだけれど、でも気にしないことにした。それに普段と変わらない様子の人だって、たくさんいる。みんながみんな、同じじゃない。

チョークを黒板に叩きつけていた先生が、いったん手を止めた。

「はい、というわけで教科書の三十一ページですね。およそ二千年ほど前、イエスという人物が現われます。やがてキリスト教という宗教が成立するんですが……」

少し頭頂部の禿げた先生は一息ついて、眼鏡の位置を直す。

「皆さん、イエス様ってどんな人だったと思います？」

そう言いながら教科書を閉じた。余談の合図だ。さっそく隣とお喋りを始める生徒もいる。

先生は黒板に、簡単に地図を描いた。

「幼少期のイエスが過ごしたのは、ナザレだからこのへん……ガリラヤ湖の近くですね。当時はキネレト湖、といったのかな。その後ティベリアス湖と呼ばれるようになったけど」

キネレト湖。どこかで聞いたことがある。そうだ、村長がたまに買ってきてくれる魚が、キネレト湖のものだった。

まさか、私が転生したのはこの近くだったのだろうか。

「三十歳くらいから、イエスは宣教の旅に出るわけです。聖書を読むと、伝説めいた話がたくさん出てきますよ。目が見えない人に触れるだけで見えるようにしたとか、下半身不随の人に声をかけるだけで、その人は立ち上がって自分の力で帰っていったとか。でも、そんな奇跡、本当にあったんですかね？」

世界史の先生の余談は抑揚がなく、長いのでいつもは眠くなる。だが、私は食い入るように聞いていた。

「僕は無宗教なので、簡単に信じる気にはなれず、色々調べました。するとね、いくつかの文献にはイエスは医者だ、癒術師（ゆじゅつし）だ、と書かれているんですよ。宗教家とは書かれていない。つまり、ある意味では旅医者のようなものだったらしい。で、彼がどんな治療をしたかなんですが……」

　チャイムが鳴る。それでも先生は、のんびりと話し続けた。

「実はこの時代、病人は罪人という考え方でした。何か罪を犯したから、それが病気として現われるとされていたんです。そんな時代に、イエスは弟子と共に『あなたの罪は赦されました』と説いて回る。これはある意味で、画期的な治療法だった。心が癒やされた人が、たくさんいたことでしょう。中には気力が充実して、本当に病気が治った人もいたと思います。奇跡とはそういうことだったのかなあと、これはもちろん僕の推測ですが、納得しましたね。現代では罪と病気とは全く別のものというのが常識ですが、二つを切り分けたのがイエス、そういう言い方もできるかなと」

　そうか。じゃあ、私とイディスが出会ったあの医者は、もしかしたらイエス様か、イエス様のお弟子様だったのかも……。

「少し話しすぎましたね。そういうわけで成立したキリスト教が、世界史の中で今後大きな役割を果たしていくわけです。では、今日はここまで」

　先生が出て行くと、教室はたちまち騒がしくなった。あっちこっちで生徒たちの笑い声が響いている。

私は教科書とノートを開いたまま、窓の向こうを眺めた。見渡す限り、すっかりピンクに染まっている。桜が満開だった。

目を閉じると、二千年の時を超えて鮮やかに蘇る。一緒に肩を並べて舐めた葡萄蜜。走り抜けた夜の荒野。そして、小麦畑での別れ。

彼女はきっと、あの時代を生き抜いただろう。

私も頑張らなきゃ。見ていてね、イディス。

ふと、つんつんと背をつつかれた。

何かと思って振り返ると、後ろの席で男子生徒が漫画雑誌を片手にこっちを見ている。

「何？」

男子生徒が私の襟を指さした。

「髪、切ったんだ。今気づいた」

「あ、うん……」

何を言われるのかと内心びくびくしていると、にやっと彼が笑った。

「似合ってるよ。いいね」

私は満面の笑みを返す。そして、もう一度前を向いた。

――今回の転生：西暦二十八年、イスラエル、ガリラヤ湖西

牛丼を二つ、ビニール袋から出してちゃぶ台に載せると、ビルカが首を傾げた。

「サトル、俺の分まで買って来たのか。食事がなくても平気だと言っただろう」

「あ……そうでしたね。忘れてました」

「まあいい。せっかくだから、食わせてもらう。ふうん、これが牛丼というものか」

ビルカは蓋を開け、ひとしきり感心してから、紅ショウガの小袋を開ける。割り箸を割ったが、どう使えばいいかわからなかったらしく、結局フォークで肉を口に運び始めた。

「おい？」

僕は、一人考え込んでいた。

「おい、サトル。どうした。食わないのか」

「食べますよ」

転生斡旋所、営業初日。めでたくお客さんも見つかり、初の収入が得られた。前途を思えば乾杯くらいすべきなのだが、どうも頭の中でもやもやが晴れなかった。

「食わないのなら俺が貰う。肉がなくなってきたんでな」

「食べますってば。あげません」

突き出されたフォークから自分の牛丼をかばう。ビルカがちっ、と舌打ちした。

「ビルカさん。今日の女の子、転生先から戻ってきましたね。何だか顔つきも変わって、元気そうになって」

「ん？　ああ、そうだったな。良かったじゃないか。戻ってこない方が色々と面倒だ。指輪を新しく作らなくちゃならないし、ここには魂の抜けた肉体が一つ、残されてしまう」

「あ、確かに……深く考えてませんでした」

「呑気な奴だな」

　ビルカは苦笑しながら咀嚼を続けたが、僕の憂鬱は晴れなかった。

「今のところ、みんな転生先から帰ってきますよね」

「さっきから、何が言いたいんだ？」

「よくわからなくなってきたんですよ。この指輪を使って、人は本当に幸せになれるんでしょうか」

　ビルカは目を伏せる。

「さあな。俺が知りたいくらいだ。だが、隆太ってやつのように、転生を経て今の暮らしに楽しみを見いだせるなら、それもまた一つの指輪の使い方かもしれん」

「そうですが……それって、僕が考えていたのと違うというか」

「ま、色々試してみればいいさ」

　肉がすっかりなくなって、米だけになった牛丼を前に、にやりと笑うビルカ。

「最初に言っただろ。俺は最後まで、お前が納得するまで、付き合ってやる。転生の物語を編み続けた果てに、どんな答えが待っていようともな」

　僕は指輪を指先で弄ぶ。嵌め込まれた石は、無限の可能性を秘めて妖しい光を放っている。

いつか、この指輪を手放せるのだろうか。

さよなら、転生物語。そう言って眠れる日が来るのだろうか。

僕にはわからない。

スマートフォンには、いくつか問い合わせが来ていた。転生を望む客は、まだまだいそうだった。

本作は書き下ろしです。
本作品はフィクションです。実際の人物や団体、地域とは一切関係ありません。

TO文庫

さよなら、転生物語

2022年6月1日　第1刷発行

著　者　二宮敦人

発行者　本田武市

発行所　TOブックス
〒150-0002 東京都渋谷区渋谷三丁目1番1号
PMO渋谷II　11階
電話 0120-933-772(営業フリーダイヤル)
FAX 050-3156-0508

フォーマットデザイン　金澤浩二
本文データ製作　TOブックスデザイン室
印刷・製本　中央精版印刷株式会社

Printed in Japan ISBN978-4-86699-530-4